U0000660

神奇裘莉 著

10個月從五十音直接通過日檢1級

個月音過

從五十通

直接

日檢 1 級

裘莉的日語神器

日本語を簡単に攻略する究極
の勉強法！コツをつかめばあ
なたもできる

即便沒有人相信我可以，我仍不放棄。

本書獻給願意相信自己，並且熱愛學習的你。

──我做到了，你也可以。

推薦序

陳
家帶

啊，裘莉！

　　一個神奇的人，如果得到神啓，便能造出神器。

　　本書就是這樣一本書。裘莉學經濟、念傳播，碩士班拿獎學金交換到東京大學，意外把高中時期接觸過卻屢屢卡關的日文冷灶熱燒，出現神蹟：10個月內通過日文檢定1級，加上專業背景，她寫出一篇篇日本社會、文化及人性的深度觀察，名為《面白日本》；如今意猶未盡，她集合一己特殊心得，用輕、快、準、顯（卡

爾維諾語），給出日本語文的重磅學習指南。

其實10個月日檢1級過關，並非只有裴莉辦得到，她也謙稱學語文是天分1%加努力99%，但事情不止於此。從日語苦手到N1天堂，平凡裴莉變身神奇裴莉，她發現了訣竅：除去一般認知的創造語文情境、避免翻譯式學習之外，還以學單字取代背單字，並從高級日文著手──因為臺灣使用繁體字，和高級日文中的漢字緊密相通，低階日文反而充滿看不懂的片假名、平假名。我自己學過日語，迄今仍未開竅，古典樂迷的我，手頭照樣備有日文音樂工具書，藉著錯落美麗的漢字差堪辨識。

裴莉曾經面臨五十音障礙，現下以親身經驗，警示了學習三死穴：不能累，不可膩，不要卡。本書見解通透，文筆清晰，插圖漂亮，編排爽利；裴莉分享的神器，要學習正宗道地的日文，體會原汁原味的日本，絕非撇步奧步，可說都是正確紮實的馬步。而且，作者心領神會，在後記中特別提醒，300天雖能改變一生，日本語文整體能力遠較N1證書更重要，如果不關心日本文化、哲學思想、世界觀，那我們充其量還比不上谷歌翻譯機。這是何等精闢之論！

裴莉為我在臺大新聞研究所學生，她性情果敢，處事認真，我課堂開的編輯和文學作業，她幾乎都竭力以赴，追求超越分數的完美。我想，正是這種精神讓她神奇，讓她與眾和而不同；是以《10個月從五十音直接通過日檢1級：裴莉的日文神器》，我十分樂意在此推薦，並為之序。

教師／詩人　陳家帶

推薦序

詹兆雯

　　在我每學期的第一堂課總是會以教日文的自我介紹開場，然後一一請每位同學現學現賣向課堂的學習夥伴打招呼，也請他們順便介紹一下自己的學習動機，其中不少同學表示因為對日本動漫、文化、旅遊等有興趣，而湧起雄心壯志想來好好學日文，期待有天能派上用場。很好，對日文有興趣就是拿到學好日文的入場券了，但過去曾在大學修過日文的你，對！黃同學、蔡同學，我說的就是你！第一堂日文課時你是不是也說過以上似曾相識的話？為什麼後來放棄繼續學習日文了呢？對日文的興趣為什麼沒

有支持你學到最後呢？如果你看了裘莉這本書，我想你就會知道，其實除了興趣，你「只」缺少適合自己的學習方法跟目標，不然你的日文一定也能學得很好的。

裘莉也是我課堂上的一位學生，我不記得當初她自我介紹時聊到的學習動機是什麼，但我記得她是一位很會考試的學生，平時小考普通，但大考前很會抱佛腳，考出來的成績都很不錯。我任教的大學都是排名前幾名的大學，像她這樣的學霸很多，所以見怪不怪。但我印象深刻的是她很用功，這裡的《ㄨㄥ，我指的是「工夫」，那時她只修了日文一，第二年的銜接課程日文二，即便她沒有搶到課，拿不到學分，她仍舊來認真旁聽，甚至不能到課時還請朋友來課堂上錄上課內容；她有沒有認真聽錄音內容我不得而知，但後來她的這本書告訴我，她一直在學習日文這條路上很用功！她花了很多工夫去摸索適合自己的學習方法，成就了真正的日文功夫！所以找到喜歡且適合自己的學習方法很重要。

另一個要學好語言的原則是要立下目標，很多人上了多年日文課，一直在原地踏步，就是沒有目標。裘莉去日本當交換學生時，申請獎學金的條件就是要 N1 合格，這就是她非得在短期學好日文的強大目標，因此她才能在 10個月內有效率的學好日文。所以無論如何都給自己立下學習日文的目標吧，不一定非得是通過日語能力檢定，例如：旅行時用日文詢問店員菜單內容、寄日文信感謝關照你的日本友人等等都可。

學好語言不難，只要興趣、方法、目標都具備了，黃同學、蔡同學、其他無數的同學們，相信有天你也能成為「神奇裘莉」，跟大家侃侃而談你的學習歷程。

臺大 / 交大日文系兼課講師　詹兆雯

推薦序

陳寗

　　十二年前，甫進入大學的我雄心壯志，立志要在大學完成雙主修、學會日文與法文，最好德文也略懂一些。想不到不滿半年，我就敗在最初級的「日文一」手下，苦吞大一上學期就被當掉的苦果。信心大受打擊的我，雄心變成熊心，甚至還出現了「中國倔起啦！以後老外都要學中文啦啦啦啦！」這種極度阿Q的心態，百分之百的精神勝利法。

　　是什麼原因讓我連區區日文一都修不過？我說服自

己，是因為剛從高中晚睡早起的生活離開，一下子放鬆使我適應不了早上八點開始上課的日文一，所以才會越修越糟。但事實真是如此嗎？讀了碩士以後，年紀更大更無法熬夜，晚睡晚起的習慣也日漸難離，但同樣早八早九的課程我也能輕鬆應付。因此反思我究竟為何修不過日文一？顯然真相只有一個，就是我用錯了學習方法。

回頭比較我的英文與日文學習歷程，兩者有著截然相反的學習方法。我從幼稚園大班開始學英文，老師是外籍教師，因此我們也不做什麼 A、A、Apple，B、B、Banana 這種根本「口吃訓練班」式的教學，而是老師講故事、帶遊戲、與大家一起吃飯睡午覺，從日常的生活與課程引領學生進入英文情境，進而習慣英文的語感、用法，即便能記憶的單字量不如那些死背硬記教學法，但對於英文應用的掌握，以及敢不敢開口說的勇氣，都勝出許多。

反觀我大學的日文一呢？開學先教大家背誦五十音，一次背誦一百多個字母的寫法與唸法，於我確實是小菜一碟，但那又如何？上課記得香蕉 バナナ、記得美國 アメリカ，但那又能做什麼呢？我博士課程主修教育，有數量龐大的文獻證明填鴨教育不可行，我自己的研究結果也指出強制背誦是語文教育失敗的元兇，但為什麼我自己學習日文的方式，用的卻是我最反對的作法呢？

這本神奇裘莉的日文教學書，與其說是「教學書」，還不如說是「教你如何學習」的書。在這本書中，神奇裘莉重新擬定了學習日文的方法，以自行打造日文學習、應用情境，活用生活觸手可及的學習工具，讓我直接跳過背單字、記語法的學習歷程，

在短短四個月的學習之後，就能聽懂成田機場的日文廣播而不需求助機組人員；看日語發音的節目時，就算離開電視前，也能約略聽懂對話，不再需要為了中文字幕而死守螢光幕。

因此我相信透過神奇裴莉提供的方法，再加上我們華人不需要另外學習漢字的優勢，在 10 個月內通過日檢 1 級絕非遙不可及的夢想！

品牌形象策略專家 / 商周專欄作家　陳寗

自序

神奇
裘莉

學語文的理由可以有很多。不論是升學、求職、晉升,或是想多認識一種外語,擴展視野並提升個人能力,都是絕佳的動機。可是動機只能幫助我們開始,能不能帶我們達到目標,又是另一回事。

滿懷熱情地開始學習計畫,但開始之後卻屢屢受挫,漸漸原地踏步,學習看不到成效,使人不禁開始懷疑自己「或許根本不是學外語的料」。

但正如世界上的語言天才少之又少一樣,無論如何都無法掌

握外語的人，其實也是滄海一粟。除非是特殊疾病，不然大多數的人（是的，包含你我），論起學語言的能力，應是不分軒輊。真正造成學習成效差異，並不是學語言的天分，而是學語言的方法。

世界上沒有誰天生不是學外語的料，只要找到合適的方法，人人都是學外語的料；甚至只要找到方法，人人都有希望在10個月內通過日檢1級。

不過在翻開本書前，我們先不談如何快速讓日文進步到能考過日檢1級，這裡要講的是更重要的主題：「為何我們敢把目標定在日檢最高級的1級（JLPT N1）上？」

請先跟著裘莉點開日檢的官方網站，做做它的線上考古題範例。不論你學日文多久，不論你打算今年十二月或是未來某一期將報考哪一個級數，請務必來這個網站把挑戰試題樣例通通做過。

LINK!

JLPT 試題樣例

www.jlpt.jp/tw/samples/forlearners

你可能會很猶豫，覺得這是在浪費時間，或是覺得：「我才學6個月，寫N1一定不會過啊！」但相信我！如果你才學6個月的日語，八成你做N5的成績跟N2甚至N1的成績是差不多的。

看起來很神奇，但我們從小學習中文，使得高級日文對我們而言並不比較難，而低級日文也並不比較簡單。

以這題N2考古題為例，不論你是否學過日文，都可

以來猜一猜答案為何？

問題

　　日本人の平均（_____）は、男性が 79 歳、
　　女性が 86 歳である。

選項

　　❶ 生命（せいめい）　❷ 寿命（じゅみょう）
　　❸ 人生（じんせい）　❹ 一生（いっしょう）

　　再看看這題 N1 考古題，答案又是什麼呢？

問題

　　私の主張は単なる（_____）ではなく、
　　確たる証拠に基づいている。

選項

　　❶ 模索　❷ 思索　❸ 推測　❹ 推移

　　前一題的答案是「2 寿命（じゅみょう）」，上面這題的答案是「3 推測（すいそく）」，你答對幾題？說實話，如果真的一題都沒答對，我想你不該擔心日文學不好，而該先想想怎麼補強中文。

　　事實上，越高級的日文裡使用的漢字越多，而越初階的日語中使用的和語（尤其是平假名、片假名）則較多。滿是片假名的初階日文考題，讀起來可是很虐人的。

比如以下的問題：

「_____ ㄇㄟˋㄐㄩˋ、ㄏㄨㄚˋ、ㄉㄡ ㄩㄥˋ、ㄓㄨˋ、ㄧㄣ ㄉㄚˇˋ、ㄋㄧˇ ㄉㄨˊ、ㄌㄜ˙ ㄅㄨˊ、ㄏㄨㄟˋ、ㄈㄢˊ、ㄇㄚ˙？」

請問空格內應填入的是
下列哪一個選項呢？

❶ ㄖㄨˊ ㄍㄨㄛˇ
❷ ㄙㄨㄟ ㄖㄢˊ
❸ ㄉㄢˋ ㄕˋ
❹ ㄏㄠˇ ㄒㄧㄤˋ

頭暈眼花了吧？

其實這句只不過是「如果每句話都用注音打，你讀了不會煩嗎？」但寫成注音就是很難讀！

這個道理跟我們在考較低級別時，通篇平假名看起來就跟天書一樣，是相同的道理。

看高級日文的閱讀題時，即便不管文法、不知讀音，光靠漢字也能猜出大意；相反地，有時候明明是很熟悉的單字，但因為全部都寫成了假名，還真是一時想不起來究竟是什麼意思！

在現在的日檢還是一樣不考寫作，只考選擇題的情況

下，平假名就像注音文，對我們來說比較難讀，而漢字越多，讀起來反而越快速、文義越好猜！

如果你對自己的字彙量沒什麼信心，那麼考越高級的級別，反而考卷上你認得的詞彙只會多不會少。

以上是閱讀的部分。當然啦，聽力的部分越高級的越困難，這沒辦法；但是聽力是一種進步起來很快速的東西。當年我報考 N2 時做了考古題，聽力只對一題！4 個月後正式上場考試，結果聽力成績將近滿分。

事實證明只要多聽，聽力題就不會是問題。若是被聽力題目嚇到，就不敢考較高級的 N2 或 N1，那日文難以突破，只能原地踏步，也怪不了別人。

當然你可能這麼想：「我保守一點，考 N4 甚至 N5 就好」，但請想清楚，在現實生活中，N3 以下的日檢等級可說一點用處也沒有。都特地花錢去考試了，去考在職場上用處很小的最初級，真的有意義嗎？

而在履歷上寫持有 N5 的意思等於「我只考得過 N5」，相當於「我 N2 考不過」，那又何必報考 N5？但如果你報考 N2，努力學習，即便沒考過，也就只是和前面報考 N5 相同的結果，那為何不給自己一點挑戰，衝衝看咧？考過可就賺到了！

再說，假如真從 N5 開始考起，一級一級往上考，那麼至少要花兩年半才能爬到 N1；而且其中任何一關沒考過，又要多拖半年，實在是耗時又浪費錢。反過來說，若是兩年半專攻 N1，我還真不信考不過。更何況只要方法用得好，很有可能一次就順利通過。青春不待人，到底該怎麼做，得要三思啊！

知己知彼百戰百勝，好老的一句話，但這是真理。

知己，要先知道自己的程度；知彼，要知道考試的特性──看完本篇，相信你已經知己又知彼，既然兩個都掌握了，考試自然事半功倍！

對於學日文已感到進展趨緩甚至原地踏步，或是從來沒有考過日檢的人而言，想要突破自己，剩下的唯一課題是督促自己破釜沉舟、狗急跳牆、置之死地而後生，找回你學日文的初衷和動力，鞭策自己向前走。

最後裴莉還是想提醒大家，學外語不在一朝一夕，絕對需要時間和努力，畢竟即便是學習母語，其實我們也至少花了十年學習，直到小學三年級左右，寫出的作文才稍微通順，更何況是以外國人的角度，去學習他人的母語呢？

不過依照本書的方法，定能為你開一扇窗，提供有別以往的思維和學習方法，讓學習日文的過程更愉快，而且能明顯感受到學習成效。祝福你囉！

神奇裴莉 2018.8.16

目次

神器篇
換個作法，從上往下學日文！

第1章
日語苦手到 N1 合格的天堂路

第 2 章

讓你征服日文的致勝觀念 23

第 3 章

提高成效的小工具與學習技巧 78

第4章

靠這些就夠了！
15 個線上練日文必備免費資源 118

GOGO 篇
你也可以！10 個月考過日檢 1 級！

第 5 章
10 個月考過日檢 1 級——日程安排這樣做

前言：
在進入主題之前

Q. 為什麼日文總是學不好？

　　從小到大，每個人都經過學國文、學英文、學數學、學歷史……等各式科目的試煉。或許有些科目，讓你覺得得心應手；有些科目，讓你覺得生不如死。但其實學任何一種東西都是一樣的，動機足夠、學習方法有效率，就已成功一半。剩下的一半更簡單，只需要肯花時間，就能有明顯的學習成果。

　　但也有人明明有強烈的興趣和動機，卻因為沒有找到好的學習方法，只能死背硬記、寫考題寫到手抽筋，最後還是沒有成效。

　　噢，請別放棄！

　　如果學日文這件事一直困擾著你，別輕易以為：「是我天生不擅長這科」── 你**只是**還沒找到適合自己的方法而已！

日文並不是很難學的語言，尤其對母語是中文的人來說，更是如此。 只要能善用漢字優勢、理解日語的邏輯，並且掌握「精力要花在關鍵的地方」的學習思維，就能夠很快突破瓶頸，學得快又學得好。

本書中，裴莉會分享自己使用傳統方式學習日文時所遇到的挫折點，以及最後是如何克服這些瓶頸，迅速地考過日檢 N1。

Q. 是我學日文的方法錯了嗎？

在準備 N1 的過程中，裴莉使用了很多非傳統的資源和方法，讓自己準備考試的過程愉快又有趣。最棒的是這些方法不但讓我 10 個月內連續考過 N2 和 N1 檢定，還練出了「真正可用的日語能力」，而不是變成一個只會考試，無法將日語應用在生活中的走路考題解答機。

其實大家學習日文、準備日檢考試時的盲點大同小異，例如花大量時間背平假名單字、文法，卻不懂得單字使用方式，或聽不出日語中常見的言外之意，最後當然沒辦法輕鬆考過日檢 N1。

我希望透過這本書的內容，可以幫助你先行了解在學日文、準備日文檢定的道路上，你會遇到哪些問題，並且將我克服各個難關的方法，一五一十地分享給你，希望我的經驗也能幫助你愉快又順利地通過日文 N1 檢定。

請注意，我的方法不會是「唯一的正確方法」，傳統

方法也不必然是「過時的爛方法」。學習的路上沒有絕對好或不好的方法，只是某些方法一定會比其他方法更適合你，而有些方法對你來說注定事倍功半。

當然，我的方法或許不會百分之百適合你。至於你究竟適合哪些方法？這需要由你自己來嘗試及比較。

本書中，裘莉會將短時間內獲得成效、考過 N1 的祕訣**毫不保留**地跟你分享，讓你知道具體的過程和我所發現的超棒資源怎麼取得、應用。如果這些內容說服了你，請立刻開始嘗試！不用等明天！

學習沒有 SOP（標準作業流程），用同一套方法的人也不會有完全相同的學習成效。請結合自己的個性、長處、興趣，以及既有的優勢，將本書的內容和你自己的想像力融合，創造出最適合你自己的、獨一無二的高效率學習方法。

請記得，只要是朝向正確的目標，只要你知道自己在做什麼，那麼就算在學習的路上搞怪地發展個人特色也無妨！嗯，有些比較古板的老師或許會有意見，但人生是你的，你只需對自己負責！所以——做自己，然後獲得大成功吧！

Q. 住在日本，日語怎麼還是進步很慢？

▎在日本卻學不好日語，因為走不出舒適圈

不可諱言，若想加快學好日語的速度，直接去日本住絕對是個好方法；但誤以為住日本，日語就會突飛猛進，可是大錯特錯。

我見過很多失敗案例，人在日本，也上了語言學校，但幾年過去，日語能力跟最初訪日時相差無幾，日常會話只能用簡單的單字應對。為何這些人會原地踏步呢？

▎難道是缺乏語言天分所致嗎？

就像有些人真的是語言天才，可以短時間內快速學會多種語言，也有些人真的在語言學習上有特殊障礙，但這兩者都是很極端的少數特例，應該不是你我。因此歸咎原因，還是方法和態度。

有一種情況相當常見，二十歲出頭的年輕人赴日追夢，不論是上語言學校準備進一步在日本讀書，或是申請打工度假簽證，希望能精進日語，順便謀求在日本轉正式社員的工作機會，總之就是勇敢踏出第一步，隻身赴日。

到了當地之後第一週、第二週對新環境充滿好奇，但

同時也被離鄉背井的寂寞感包圍，加上日語、英語等外語能力不夠好，沒辦法和日本人聊天、溝通，因此交朋友時，便自然而然地總和同樣說中文的臺灣人、大陸人、香港人混在一起。

上課時和華人朋友坐在一起，午休吃飯和華人朋友一起吃，放學和華人朋友討論作業，打工去中餐廳端盤子，也是從店老闆到廚師都是華人，最後甚至連在日本交到的男／女朋友都是華人！這樣的生活模式，說真的和在母國有什麼不同？

進入日本這個新環境，原本是要追求生活中充滿日語，有很多練習日語的機會，但頭一兩個星期因為日語能力不夠好所造成的不安全感，卻使大多數的人「縮」起來，最終還是進入華人的圈圈，去了等於沒去，這樣真的很可惜。

提防你身邊的小惡魔

你身邊有這樣的人嗎？一天到晚宣揚「中文才是偉大的語言，不學日語也可以在日本混得很好」，或是「科技翻譯終將取代人力，這年頭學外語是笨蛋」——他可能是你從小到大的朋友，你親戚裡的某個人，甚至是同校的留學生。

噢，這些話聽在我們這些認真要學好日語的人耳中，真不是滋味。

其一，比較語言的優劣本來就沒有意義。

其二，不懂日語終究和原汁原味的日本「隔重山」，學外語不只是為了旅行時省錢不用請翻譯，而是這樣才能真正了解日本、融入日本社會。

但不知為什麼，小惡魔的話有時還是會魔音穿腦，讓人忍不住懷疑自己做的事到底對不對，是否應該義無反顧。

檢視一下，如果你身邊也有這樣的人，總是在你認真學習時說些扯後腿的話，影響你的心情，你必須趕快祭出對策。你只要觀察一下，就會發現他的外語根本只學了個半吊子，不上不下。

或許該請他們捫心自問，到底是害怕失敗、愛偷懶，還是世界上有太多能將外語學好的人，而自己卻學得辛苦，因此心裡不舒服呢？其實多半是後者。

說穿了，這些人的問題根本不是語言學習怎麼這麼難。

那些開名車代步、長得帥（美）又高，或是刮到樂透三十億的人，應該也都讓他心裡酸溜溜。這種自卑轉自大的心理，只會侷限一個人未來的可能性，讓他成為無趣的「憤青」，然後不知不覺間變成「憤老」。

他不是真的覺得不用學外語，只是自己沒有辦法學好，就說些歪理來混淆視聽，如果你中計被他成功洗腦，他就把你當朋友（一起沉淪）；如果你不理他，他就把你說成笨蛋。跟這樣的人對話，對你沒有半點好處。他的憤世嫉俗或許不會帶你走向地獄，但是也不會帶你走向成功。

與其浪費時間聽這些牢騷、歪理，找志同道合有心一起讀書的朋友一起努力，或是花時間和日本朋友相處，甚至是早點洗澡睡一頓飽，都還更能幫助你快速進步。

Q. 10 個月真的有辦法考過日檢 1 級嗎？

絕對可以。而且據我所知，在一年內考過 N1 的人並不少。每個人用的方法不盡相同，可相同的是，大家都**相信自己做得到**。

當然啦，如果你能去日本專心念語言學校念一年，那麼以準備日檢 1 級的考試而言，你肯定會比沒在日本念語言學校的人多一些優勢。

但其實在日本讀了一年語言學校後，連 N2 也沒通過的人才是大多數！

顯然有沒有在日本念語言學校，並不是真正影響日文學得好或不好的原因。怎麼學、有沒有用心學才是關鍵。

用本書分享的方法，可以讓你少花很多力氣和時間，也可以讓你有和住在日本相仿的條件，同時準備考試的過程也不會太痛苦。

但請切記，看過本書並不代表不努力學習也能保證在 10 個月後考過 N1 唷！

天才是 1% 的「天分」加上 99% 的「努力」！

「天分」包含基因和學習方法，這個 1% 對了，還需要 99% 的「努力」，有付出，才能有成果。

說穿了每種學習都一樣，天分或許會有影響，但最重要的，還是必須花時間來交換學習成果。

▌ 從開始學習日語到通過 N1，需要多少時間呢？

依照日本語教育教材開發委員會的建議，從零基礎開始到考過日檢 N1，只需要 1000 到 1200 小時的學習時間。

如果在每週上一次二小時的日語課，其他時間都不作為的情況下……持續不斷地、連過年、颱風也風雨無阻地上日語課的情況下，至少也得 10 年才能去考 N1！相反地，將這 1000 到 1200 小時平均分攤在 10 個月中，其實每天大約僅需要 3.5 到 4 小時！有信心了嗎？

▌ 日檢 1 級的不可不知：
▌ 及格門檻超低，答錯 40% 還是能合格！

關於日檢 1 級，最重要、須銘記在心的是：日檢 1 級並非各科目都得滿分才能通過！

根據 JLPT 日本語能力試驗官方網站，通過日檢 1 級的門檻是取得 180 分之中的 100 分，相當於一張滿分 100 分的考卷，只要 55.6 分就過關了！

沒錯，日文檢定就是在試卷上**即便寫錯了 40%，還是能過關**的試驗！

　　有沒有突然覺得⋯⋯其實還滿容易達標的？

　　不只如此， N1 分成三個分項，言語知識、讀解、聽解，配分各占 60 分。照前面合格門檻的比例來看，應該要各科都要會寫一半左右，拿到 33.4 分以上，才能通過。

　　但其實日檢規定中有明文記載，任何一個項目只要取得 19 分，就算通過！也就是說，並不需要每科都拿 33 分以上，來湊齊合格門檻的 100 分過關。任一科只要會寫三分之一就可以低空飛過！

　　平均寫錯 40% 左右，單科寫錯 70% 左右，都還有機會合格的考試，你是不是也覺得，自己應該真的有辦法 10 個月考過了呢？相信自己，開始一起加油吧！明年你也會是日檢 N1 合格者！

神器篇

換個作法，
從上往下學日文！

日語苦手到

N1 合格的天堂路

　　如何 10 個月考過日檢 1 級？在說明怎麼安排可以最省時間、最有效率地提升日文能力之前，裘莉想先跟大家說說我自己學日文的經歷。

　　從我接觸日文到考過日文 1 級檢定之前，有很大一部分的時間其實都浪費在無謂的努力上，而這些血淚經驗和逝去的青春，最終才帶我找到 10 個月就能考過日檢 1 級的方法，因此現在，先跟我一起回顧這段接觸日文的漫長旅程吧！

五十音好難：卡關期

一開始接觸日文，是因為我的國中同學中有個女孩曾住在日本，因此懂得日常生活的基本日語。我跟她剛好是班上最高的兩個女生，因此排座位時經常被排在鄰座，也就自然而然成為好朋友。常聽她講小時候住日本時的事情，就自

然而然覺得會說日語很「酷」，因此千拜託萬拜託，求她教我五十音。可是教了幾個平假名之後，她沒興趣收我做學生，我也真的記不住，這件事就草草了之。

高中時加入日本文化研究社團，原本以為是去玩的，結果卻有基礎日文的課程，跟著教學學姊的五十音課，上了第一堂課，就記住了あいうえお，超有成就感！但到學期結束，其他人都記得不少單字了，我卻還是只記得あいうえお，從か行開始的五十音通通不會寫⋯⋯

應該很多人在五十音就大大地卡關，覺得考日檢根本是一輩子與自己無緣的夢吧？其實我也跟大多數的人一樣，五十音曾經是我學日文的最大門檻，而且從來沒想過我可以通過日文 1 級檢定。

還好後來我沒有放棄，上了大學又不死心，再次選修日文。這次總算把五十音勉強記住！可是其實也只記住了平假名，而且還經常認錯；而片假名在臺灣比較不常見，在課文中也不常用到，

小考結束之後，還是通通還給老師。

真正能讀五十音像讀 ABCD 那樣自然而快速地直覺反應，是在我開始大量使用日語的一個月內達成的。透過大量的摹寫、電子閱讀，並且利用電腦語音工具，曾經卡關卡得這麼痛苦的五十音，卻變成自然而然內化的資產，難關也不知不覺被拋在身後。

1.2 只用課本學習日語：淺扎根期

認識了五十音，總算可以開始學習基礎的日文文法和單字。也是從大學正式選修日文課開始，我才終於有了日文課本。

我正式用過的日文課本只有一本：第一年正式修課用的《來學日本語　初級 1》，這本課本非常基礎，內容循序漸進，在初級文法的部分提供類似例句比較，很適合什麼都還不清楚，必須跟著課堂進度一點一滴學習的入門者。但一般課堂學習，課本主要的重點會放在背動詞和學句型，一板一眼，比較容易讓人感覺枯燥無味。

雖然我遇到的日文老師是個留日歸國的好老師，上課已經算是很有趣，文法、語感差異上也都解釋得很清楚，但是大學生畢竟外務多，除了看日劇會聽到日語，日語學習便只集中在每週兩小時的課堂中，而其他時間完全沒有

練習日語的機會，也沒有接觸日文的管道，所以自然而然就學得很不紮實。

不過呢，畢竟是學生身分，當時在強烈不能被當掉的壓力下，人生最初的日語課程總算在單字小考都低空飛過及格線、文法糊塗但無傷大雅的情況下度過，但是其實不管是動詞 group 1、group 2、group 3 的分類，還是活用動詞變化（又稱「五段動詞」）、助詞使用等，都沒學到位。

現在回想起來，用死記硬背通過考試，結果下課後又通通忘光，真是糟蹋青春的一段歲月啊！

不過，我們多數人的外語學習經驗，這似乎已成常態？老師上課教文法、帶著做習題之後，學生回家卻幾乎完全不練習，一直到下次上課前五分鐘才緊張地狂背等等要考的單字……，如此無限循環之中，語言學習就像**有病看醫生卻不吃藥**一樣，回診再多次，**上再多年的課，都好不起來**。

更何況，課本中的「This is a book.」不只生硬，更重要的是，它在生活中根本無用武之地！試問我們的生活中有什麼樣的場合，你會跟另一個人說：「這是一本書嗎？」對方肯定會想：「廢話，看就知道這是本書呀！」（笑）

但這句「這是一本書」，還真不意外地出現在《來學日本語初級 1》第 20 頁的練習中：「これは 本ですか。」/「はい、これは 本です。」喂～這已經不是學日語的問題了，……難道會有人看不出來這是本書嘛！

用這樣的邏輯學習日語，語言只是沒有呼吸心跳的知識，難怪對大多數人（包括我）來說，過程會這麼的枯燥，又難學好。

還好，渾渾噩噩毫無進步過了幾年，就在某一天，我突然開竅了。

1·3 四個重要觀念反轉，進入快速吸收：海綿期

碩士班第三年，是我日語一飛沖天的一年。從連五十音的片假名都寫不全的狀態，在10個月內快速進步，直接考過新日檢 N1。回想起來這段時間能進步這麼快，除了環境改變，使用日語的機會變多了，真正的關鍵是對日語學習有了新的認識，觀念大突破。

那年我即將展開在東京大學當為期一年的交換學生生活。赴日之前，申請勇源教育發展基金會的獎學金，簡章上要求申請者應具備日檢 N1 能力，但我日文超破，別說 N1 了，連 N5 都沒有啊！雖然最後經過書審、面試，基金會從寬認定，改成「希望離日之時可取得 N2 合格」，並將獎學金發給我，我還是下定決心：「至少離開東京時，我要拿下 N1，才算是給基金會一個交代」。

剛到東京大學就讀時，在東京大學工學部日本語教室

修課前，用基金會要求要 N1 為理由，問老師應該修哪些課、怎麼準備才能在隔年達到目標？結果只得到否定的答案。

還記得那位很親切但也很老實的日語老師是這麼說的：「以你現在這種水準，明年通過 N1 是不可能的，應該以明年通過 N3 為目標，或許有機會吧」。

回想起來，人生真是一連串的契機使然。如果最初基金會沒有要求 N1，如果日語教室的老師沒有告訴我「残念てすが、N1 は無理です。（很遺憾但你不可能通過 N1。）」我也不會放棄依賴課堂教育的思維，並且為了通過 N1 想方設法地打破常規，要讓自己的日文能進步快一點、再快、更快，以達到目標。

為此，我整理出四個重要觀念「從上往下學」、「不死背單字」、「創造日語生活」、「不用中文思考」，以及衍生出來的「四個致勝好習慣」：

1.
從上往下學
多接觸高級日文文章，搭配電腦／手機朗讀功能快速閱讀。字義有漢字基礎加持，因此文章很容易就能讀懂；電腦語音朗讀幫助閱讀，同時記住字音字形，因此從上往下學日文反而簡單。

2.
不死背單字
單字只用「學」的不用「背」的。
遇到陌生單字勤查字典，寫下小筆記，但不強迫自己背起來。查閱越多次的單字便會自然地記在腦中，沒記住的就表示不是常用單字，不用刻意背，這樣就能維持輕鬆愉快無壓力的學習氛圍。

3. 創造日語生活	在生活中創造使用日語的機會，有興趣的主題就用日語搜尋相關資訊，購物網站也要天天逛！（就算不能去日本留學，方法用得對，也可以讓自己沉浸彷彿在留學一樣的日語生活唷。）
4. 不用中文思考	避免「翻譯式學習法」，別靠單字表＆減少用中文思考！

這四種思維結合在一起，對於快速奠定日文實力的效果，真的很顯著！（詳細執行方式，請見第2章。）

我是十月抵達東京的，當時五十音片假名部分都還背不齊全，但在十二月就通過N2檢定，隔年七月又通過N1檢定。能順利通過檢定，全是歸功於這段時間養成的四個致勝好習慣，讓我能無拘無束地學習，也才能快速茁壯。

回想這段時間，採用了跟課堂教育鬆綁的學習方式，主要有三個好處：

一、不會累：不用死記硬背，大腦不用受苦。

二、不會膩：學習素材完全選自己興趣相符的主題，越看越上癮，變成「在用日文的過程中學日文」，而不是在學日文的過程中練日文。

三、不龜速：再也不會被課堂的制式教材限制進步速

度！試想，跟著日語課堂的教材走，考過 N1 通常都要兩三年起跳，對吧？說是限制進步速度，其實一點也不誇張。

會累、會膩、會卡關這三個癥結點，往往是拖慢我們通過日文檢定、造成學習成效不佳的死穴。但採用新的思維、養成四個致勝好習慣後，每天都能明顯感覺到自己的進步，真有在日文的世界自由自在地飛翔的感覺。（關於這四個重要觀念和實戰策略，詳述於下一個章節。）

1.4 檢定拼命三郎：懶人包期

多數人習慣花很多時間練檢定考題、練句型、背單字，所以即便日文考過檢定，也很生硬、實用力不足，因此我們已經知道這是大有改進空間的作法；那麼經過前一階段倒吃甘蔗的時期，已經花了那麼多時間好好地學日文、也能廣泛地在各種場合應用日語，聽說讀寫各方面的能力也都很好了的情況下，還需要為了考檢定特別練習嗎？

絕對要！學得好才能考得好，但學得好不等於考得好。因此，我們還是要面對現實，為了考試而做些臨時抱佛腳的練習，才能萬無一失。

沒錯，雖然一直不管考試本體，完全不寫考題，也不準備相關內容，一心一意專注在增強日語實力，在日語各方面能力都會進步得比專心準備考試更快，不過，考前還是要安排一段衝刺期，全力針對通過考試下功夫！

衝刺期大約設定兩週，主要針對三個項目做最後衝刺：

一、單字大回顧

在前面 10 個月的準備中，我養成了一個好習慣：隨手將新認識的單字記在小單字本中（雖然前面有說不用背，但還是要抄下來，即便只是寫過這一次，都會幫助記憶），到了衝刺期，就不用靠單字書複習單字，而是看這些小本子回味學日文一路上遇到的各種詞彙。

當然啦，其實小單字本中，大多數的單字這時都已經在大腦的內建字庫裡了，根本只是「跟老朋友再見個面」；而不熟的部分，只要再下點功夫記起來就好囉！

根據我實際應試的結果，事實證明這樣準備出來的單字量已經非常龐大，應考綽綽有餘。

二、句型總整理

我並不推薦一開始學日文就接觸太多句型，因為就我自己的經驗，**一開始就靠句型書學習日文，學習過程會很枯燥，感覺要背很多東西，而記憶效率卻不高。**而且會有很多不知究竟、背了等於沒背，或是反而因為不了解日文的語言邏輯而誤解用法，致使日文反而「越學越爛」的問題。

但到考前就不一樣了。不看句型是指在學習的過程中

不要被課本、被句型綁架，這樣能學得更好。而回過頭來面對考試近在眼前的時候，將自己已學的知識統整、收斂是很重要的事，才能知道自己的日文哪裡還有弱點，並且在最後的考試來臨前，把弱點各個擊破，確保考試時萬無一失。

到這個階段我利用句型總整理書時，已跟原先一句一句學句型的時候，感受跟領悟完全不同。

在還不知道怎麼用日文的時候，就不斷學很多句型、拼命背，只是單純死記而已。這就像是背九九乘法表，不等於學會乘法一樣，背了很多，卻不知其邏輯，也不會用。

但在不懂句型、特定用法的情境下，已經接觸了很大量的日語，最後再來看句型，卻是把原先「大概知道這麼用」，但實際上不知確切意義、使用方式，或是覺得有些模稜兩可的句型都一次整理、看懂。

如此一來，從此以後運用起來就會有十成十的把握，不會再有誤用的情況。

如果真的願意多花時間的話，把句型當作輔助，在海綿期就開始逐步複習，效果更好。

不過沒有時間也沒關係，只要能專注在最後兩個禮拜的衝刺，句型放在最後再看也已經綽綽有餘。

三、考古題＋模擬題

考古題真正的功能是：一、讓自己熟悉考試流程及題型，到現場才初次看題目解說的話，會太浪費現場寶貴的答題時間。二、找到自己的弱點，臨時抱佛腳加以練習。

尤其第二點是最重要的。本來從來沒有針對考試練習過的人，突然開始寫考古題，就是會比練過很多題目的人多寫錯一些，這是正常現象。

寫考古題正好是藉由寫錯的題目，找出自己弱點的機會，只要把考古題、模擬題中答錯的部分加強一下，正式上場的時候就能十拿九穩。總之，不論是考古題或是練習題庫，沒有全對也別緊張，放輕鬆好好研究錯在哪裡，通過正式考試的機會，就大得多啦！

讓你征服日文的

致勝觀念

　　世界上總是有些人，看起來明明不怎麼努力，卻能摧枯拉朽地制霸各種語言，這種語言天才並不需要特別的方式，就能學會各式各樣新語言。但是即便我們不是這樣的天才，也請記得：「當全世界都認為你做不到的時候，也不要質疑自己的潛力」。

　　日檢 1 級其實是個看似困難，但其實只要花點精神，就**人人都能考過**的試驗。先別急著說：「你也是考過了才在這邊說風涼話。」別忘了，我曾經也是卡在五十音，久久不能跨越障礙的日文苦手笨學生！

只要改變心態、調整學習方式，就能找到從地獄前往天堂的道路，並且快速通過日檢1級。

本章就是要告訴大家，所有幫助我從地獄上到天堂的重要觀念。如果你能吸收並結合第3章、第4章的實戰作法，再加入一點個人特色，轉化出一套屬於自己的日文練功方法，那我相信你離通過日檢1級已經不遠。加油吧！

第一招：從上往下，大膽直攻 N1 的高級日文

各種調查顯示，日本的兒童初上小學時，平均能夠掌握的單字量是三千字，這些以日常生活常用的字為範圍，自然學習到的詞彙中，有很大一部分是日本古來就有的「和語」，以及部分的「漢語」及「外來語」。

多數人學日文的過程應該和我以前一樣，初級日文時遇到的單字，其實和日本小孩學日文並無不同：開始都是從幼兒的那三千字切入，學一大堆用平假名、片假名寫成的基本單字，而且多半是和語，原本的中文詞彙優勢毫無用武之地。

但剛開始學時，五十音不熟，光是要唸出寫的是什麼，腦袋就得當機大半天，好不容易拼湊出發音，卻又不知其意義，這種感覺跟看別人寫的注音文看了半天，卻看不出他到底想說什麼的感覺簡直沒兩樣。

後來我發覺，其實我們**漢字圈的人學日文根本不需要循序漸進！跳級打怪，從上往下學才是走捷徑！**

高級日文中的漢字

日文詞彙分成和語、漢語及外來語三種大類。

和語是最老的日語，又叫大和言葉（やまとことば），是大和民族原有的語言，早在中文傳入日本前就已經使用。後來有漢字後配上漢字以作書面紀錄之用而流傳下來，但漢字和讀音及意義不必然有關。

和語也是日本人生活中最口語並從小熟悉的類型，在兒童文學、童謠中廣泛使用，具有平易近人的特色。不過這個平易近人是對日本土生土長的孩子們而言平易近人，可不是對外國人親切。

漢語則是中文借字、借音給日文而來的語彙，通常華人直接就能望文生義，讀音也和中文相似機率高。對我們來說，最好記、最容易切入的日文詞彙就是這一類。

漢語通常用漢字表記，因為象形文字結構複雜，在日文中屬於高級的用語，在諸如商業場合、學術發表、政治演說、求職自我介紹乃至法律文件等場合使用頻繁。可是**對外國人甚至日本人來說稍嫌複雜的日文漢字，對我們來說卻是閱讀時的好朋友！**

另外，外來語則是泛指來自中文以外語言的詞彙，這類外來語都會直接沿用外文讀音，為了標記，日本人會以片假名標示拼音的方式製造這些外來語。

一篇普通的日文文章，會混用和語、漢語、外來語。這是因為不論是哪一種，都是日常經常使用的日語。但選擇不同的詞彙，語感表達確實大有不同。越高級的文章中，漢字的比例越高。最明顯的例子就是日本國憲法。任何一個零日語基礎的華人，翻開日本國憲法，即便不查字典應該都能看懂八成。

是啊，日文字本就起源於中文，又從中文中借用大量漢字辭彙，再加上臺灣保留繁體字等多項得天獨厚的歷史淵源，使得臺灣使用的繁體中文跟日本使用的漢字互通程度非常高。絕大多數的日文漢字對我們來說，單看字面就能猜到八九分的意義，也因此漢字越多的文章，就越容易讀懂。為什麼要忽視這個優勢，強迫自己從通篇平假名的文章學起呢？

動動腦！別被「從基礎學起」的老觀念綁死

請先試著回想，在學英文的過程中，你是否對「英文新聞」、「商用英文」產生了莫名的畏懼感，覺得外語新聞就是難親近、難讀、難聽懂呢？因為英文新聞單字複雜又數量龐大，所以很少有人會以新聞作為英文啟蒙的閱讀素材，大家都是從簡單的會話、短文起步，再進入小說、

散文，最後才是英文新聞和商用英語的世界。

這個習慣在學日文的時候也保留下來，造成大家不自覺地懼怕「新聞」和「高級外語」，並覺得學外語就該從會話、小說開始。

與此同時，初級日文教材中，漢字比例也確實不高（甚至還可能遇上通篇平片假名的文章）。在這種情況下，「從下往上學」的途徑，就讓人自然而然地接受了。

這種學習方式對歐陸、東南亞、阿拉伯的學生來說，非常適合。他們本來使用的語言就是拼音文字，而不是象形文字。但是，漢字圈的人看假名看得頭昏眼花、口吐白沫，又該怎麼辦？想像一下讀一篇只有注音的文章，對我們來說真的很痛苦啊！

所以這種由下往上的方式，一點也沒發揮出漢字圈學生的既有優勢！對於使用中文的我們來說，正式的日文文章反而因為通篇漢字而好讀易懂喔！

想想看，你之所以一直依照從基礎開始學的方式，是不是純粹只是因為從小習慣學語言要從最基礎開始學，以及課本就是這樣編，你只是照著學而已呢？

先來看看這個例句：

「近年は女性向けに小型化されてカラフルでおしゃれなタイプの保温弁当箱も登場している。」

乍看這是個用上了成串平假名、片假名，複雜且冗長的句子。

但請試著猜猜這句話的意思。

如果你猜不出來，請看下面這句標注了不同顏色的句子。

「近年は女性向けに小型化されてカラフルでおしゃれなタイプの保温弁当箱も登場している。」

假設你完全不懂五十音，那我們直接把看不懂的平假名、片假名抽掉，變成「近年女性向小型化保溫便當箱登場」也不影響你掌握大意。

這個句子的原意是：「近年來，女性向小型化、顏色鮮豔又有時髦造型的保溫便當登場。」

光看漢字的部分已經讓你掌握了 70% 的架構，遺失的資訊就只有句中藍色部分：「近年來，女性向小型化、顏色鮮豔又有時髦造型的保溫便當登場」，也就是形容詞的部分，其實並不影響主結構。

雖然不是每個句子都可以用漢字能力打通關，有些時候關鍵資訊的確得由日文平假名、片假名的部分解讀，但

是說到這裡，你應該已經能理解，為什麼學日文不需要綁死在「從基礎開始」的觀念上了吧！

只不過是因為「老師習慣這樣教，學生也習慣這樣學」，誰也沒想過要改變，從基礎學起也就「習慣成自然」，大家無限複製這個不見得是最有效率的模式。

所以我才說：「不要一味從下往上學日文，要從上往下學」！

打破慣例，善用漢字優勢，你學習日文就會更輕鬆。

「從上往下學」的訣竅和優點

從上往下學的方式跟我們習慣的語文學習方式相反，尤其跟課本教材的編輯方式相反，所以**別想著用傳統課本可以滿足你的全新學習需求**。

要找到適合的閱讀材料、聽力訓練素材其實很容易——因為全世界的日文都是你的學習素材！

不過如果你還是想要具體一點的起點，請上網吧，現在網路資源豐富，信手捻來都是一大把。（詳情看第 4 章，我已經幫你整理好了！）比如，日文新聞只要你打開 Google 頁面隨便搜尋「ニュース」、「新聞」，就有一大堆！隨便挑幾個喜歡的主題看就行。

或是，花點小錢訂閱日文的線上雜誌，夾圖夾敘，又能了解最新潮流，更是一件樂事。

挑高級的文章當作學習素材還有諸多好處，第一，文章有深度，讀起來精彩且真實，所以有讀不完的題材，而且可以往特別有興趣的領域挖掘，怎麼看都不會看膩！或許你會發現自己怎麼

「學到停不下來」也說不定！

第二個優點則是，高級文章中正式用語多，沒有日本人熟悉的略語或通俗用法，不會讓初學者看得一頭霧水。

再來，看高級文章學到的日語比較優雅細緻，就像國中生和大學生說話時詞彙的豐富程度和涵養不同，孰優孰劣，明眼人一聽就知道。

最後是學習的成就感很高。這種感覺其實和學台語或廣東話的感覺非常相似，同一個漢字，在不同語言中有不同的讀音，但是意義不變。而日文漢字讀音和我們慣用的中文讀音不同，卻並不難記。尤其如果是同時熟悉台語和北京話的人，更會發現日語讀音和中文中多有重複，只要看著字練幾次，很容易就找到規律，相當有成就感，自然而然成為良性循環，也就更願意繼續學習。

明明從上往下學的優點這麼多，但大量使用漢字的新聞等高級日文文章，通常被編在高級日文課程中，要能夠熬過頭幾年，才會接觸到這類文章。而學日文好幾年的期間，卻得被假名和和語所困，繞得暈頭轉向，並對 N1 檢定心生畏懼，甚至對日文喪失興趣，真是可惜。殊不知，N1 的閱讀部分正是大量的漢字呀！

其實我會發現這件事，也是因為太想考過 N1，因此一口氣寫完 N5、N4、N3、N2、N1 所有的考古題，想知道到底有多難。結果大出自己意料，N1 的閱讀成績最高，N2 也不錯，兩者都超過 N3 及更下面級數的閱讀成績。從此以後我就懂了「日文就是要從上往下學」的道理。不信

的話，你也拿考古題來參考一下便知。

　　雖然我日語也曾卡關卡好久，但終於參透「從上往下學」這個道理後，學日文突然變得輕鬆又愉快，彷彿像是重新投胎，還含著金湯匙出生。說起來，其實正閱讀本書的你，也擁有這根金湯匙。如果你也想體驗全新的世界，不妨也挑戰這種新作法，說不定也會看到很棒的風景唷！

第二招：活學單字取代死背單字

　　不刻意背單字，並不等於不要學單字。「背單字」和「學單字」，是兩種完全不一樣的思維，而我們要的不是「背單字」，是「學單字」——而且是要從生活中學單字！

要「學單字」，不要「背單字」！

　　「背單字」正如大家熟知，就是將每課課文旁邊的生字表逐個背起，或是買一本裡面有幾千字、幾萬字的單字書，一頁一頁背起來。但是這只是「背」，背起來不等於懂得怎麼用。

　　想像一下，一個牙牙學語的孩子是怎麼逐漸學會各式各樣的單字呢？當然不是靠「背單字」，對吧？**孩子們從不背單字，而是因為會經常用到某些詞，所以經歷了「學單字」的過程，對某個詞彙累積了豐富的經驗，進而對使用的各種時機和使用方式，瞭若指掌。**

有個孩子逛市場，看到沒見過的東西，產生了興趣。問：這是什麼？

此時爸爸媽媽再告訴孩子：「這是『蘋果』。」孩子自然就會學著複誦「蘋果」、「蘋果」，新單詞就在孩子心中留下了印象。

但別誤會！只到這裡，還沒有完成學單字的過程！

很少有孩子能在第一次學習，就真正記住「蘋果」，或是任何新單詞。大部分的孩子能夠記住新的詞彙，都是在第二次，甚至是第八次、第十次，又看到蘋果，而家長仍然不斷重複告訴他「這是蘋果」之後，孩子才會在反覆熟悉、練習複誦語言的過程中，逐漸記住「蘋果」，並且能夠應用自如。

那麼，反過來想想，如果今天孩子遇到的不是日常生活中常見的「蘋果」，而是些不常用的詞彙呢？

例如父母帶孩子出國旅行，看見市集上有賣「櫻桃蘿蔔」，並告訴孩子：這是「櫻桃蘿蔔」。

但回國後，因為孩子再也沒看到過在母國很少見的櫻桃蘿蔔，因而完全沒有接觸、複習的機會，那麼「櫻桃蘿蔔」，就會自然而然地從孩子的腦中逐漸被淡忘。這就是「學單字」。日常生活中經常使用到某些單詞，所以記憶深刻；對於少見少用的單詞，因為學不到也用不到，所以自然忘卻。

因為每個人的生活、事業、興趣都不相同，所以透過個人生活經驗累積、去蕪存菁後記憶到的單字，才會是對

每個人而言，最有經濟效益的單字。另一方面，像「背單字」那樣，只是把單字書從第一頁背到最末頁，全部囫圇吞棗，則是最沒有效率的作法。

只要是遵守「學單字」而不「背單字」的邏輯，**大腦就再也不需要費盡力氣記住根本用不到的單字**，然後又因為「背了又忘」，而承受覺得自己怎麼這麼沒用的精神壓力，學語言自然會愉快得多。

別給自己「單字庫存」的壓力

學外語時，單字讓人痛苦的癥結點經常是「量」。

先背「基礎 1000 字」，背完之後還有「初級 3000 字」，好不容易過了這關，書店的架上還有「中級 7000 字」、「進階 10000 字」……等等，這些背不完的單字，就像永遠沒有終點的馬拉松，這種壓力，誰受得了？

學習語言應該是很快樂的，如果你覺得學日語的過程，你因為自己單字量不足，而充滿壓力，那就是中了「害怕單字庫存量不足」的魔咒。

一間好公司，的確要有適度的庫存，才能夠維持正常營運、賺到錢。可是庫存很多，公司就一定能賺到錢嗎？公司應該把所有精神放在「不斷增加庫存」嗎？當然不是。

能把庫存有計畫地賣出去，公司才能賺到錢。否則再多的庫存，也只是占空間的垃圾而已！

而且，單字庫存也不是多就一定有用。

大多數從單字書上背來的單字，你和它的第一次相遇，都是在那本單字書上，而這些不是從生活情境中自然學習得來的單字，你的大腦根本不知道怎麼運用，因此在會話、作文的時候，還是派不上用場。這種「單字庫存」只是空虛的數字，因為有就跟沒有一樣。

學語言，單字在精不在多。

你不妨這樣思考，背字卡得來的只是「單字數」，「單字量」則是一個人可以靈活運用的語彙量，不只知道它的意思，而且能夠在各種文脈、情境下運用，甚至經過複雜的組合和變化，發展出新的用法。因此「單字數」和真正的「單字量」，不能畫上等號。

所以，背過「宇宙超級無敵霹靂好用必勝7000字全集」之類的單字書後，想當然耳單字數雖然會增加，但真正可用的單字量卻未必得到擴充。

試想一下，有多少單字是你曾學過，卻不知道怎麼用，又或者偶爾使用時會覺得心虛的？把這些名目上的單字數去掉後，才是你實際的單字量。而這單字量卻不是可以靠單字書快速累積的東西。

所以別因為覺得自己的單字只有3000字，就急得團團轉，趕緊再買本7000字單字書來虐待自己⋯⋯這樣的「單字庫存」，就算存了很多，這家公司也未必能賺大錢，何苦呢？

對大部分的人來說，只需要學會足夠表達自己的想法、能夠聽懂外界在說什麼的語言跟單字，就非常足夠了！

語言本來就是觸類旁通的學問，學了十個單字，只要學得很到位，未來遇到這些單字的衍生詞彙，或是相近、相反詞彙，都很快就能舉一反三。相反地背了很多單字，但不知怎麼用，也不知使用情境，其實都只是假象。

所以千萬不要擔心自己的單字量太少！

如果是你需要的單字，在學習的過程中，自然就會經常遇到它，你也會記得住。而大部分的單字，真的都不需要你特別記憶。人生苦短，時間有限，而新單字無窮無盡一直冒出來；即便是母語，我們其實也不會特別學習「生活中不會遇到的刁鑽單字」，所以就不要在學外語的時候，鑽牛角尖了。

要學好日語並且考好日檢，先記得這個原則：你不需要學習太多自己用不到的單字——至少在立志成為專業的翻譯者之前，先別管別人學了多少單字，而你只有多少單字；只要專心讓**每一個學過的單字，都成為自己可以完全掌握、靈活運用的單字**，那麼你一定會是最後的贏家。

我不是孩子了，還能自然地「學單字」嗎？

在我們生活的世界中，本來就每天都有新的科技、發明，因而有許多創新詞彙。隨著人們生活腳步越來越快，每一年也都會有不同的流行用語產生。

二十年前流行「英英美代子（閒閒沒事做）」、「很ㄅㄧㄤˋ（勁爆）」；十年前流行的「很囧（無奈/受不了）」、「砍掉重練（沒救了）」；到這一兩年流行的「魯蛇（輸家 Loser）」、「藍瘦香菇（難受想哭）」……

雖然第一次看到的時候不知道什麼意思，但後來不知不覺也跟上了潮流，用得很自然了，對吧？

所以，**學新詞並不是外語學習者專屬的功課**，其實在**生活中，我們本來就一直不斷學習著新詞彙**。即便是已經如本能般的母語，我們也經常需要學習新詞，那這項「學單字」技能，我們怎麼可能生疏呢？照理來說，**學單字對我們而言，絕對不會是件費力的事**。

比如討論網路順不順的話題時，工程師之間可能會自然地用上路由器、伺服器、交換器、數據機等等詞彙，彼此間一說起這些詞，就知道是什麼意思。但我相信對一般人而言，可能就只知道「Wi-Fi 沒了」，或「網路斷線」這一類的詞彙。

可是在真正遇上需要修理路由器的問題時，比如需要維修某台機器，才能修好斷線的網路時，即便是從沒接觸過網通設備的人，也能快速在維修人員的說明下，學習路由器、伺服器、交換器這些詞彙。因為要用到，所以大腦會動起來！很簡單的規則。

我們背單字背不起來，也只是因為「大腦不知道背這個要做什麼」，所以休眠、發呆而已。現在就開始多閱讀、多接觸，並在日常生活中融入日語，那麼大腦在經常接觸、使用日語的情況下，當然就不會繼續偷懶囉！

只要你相信自己，用符合自然的方式學習，一定會發現「學單字」這件事，和喝水、呼吸一樣簡單。簡單的心態轉變，帶來的效果，絕對讓你驚喜。

養成習慣順手查

　　現在人人都有智慧型手機，手機永遠連著網路，所以順手查變得很簡單。每次看到不懂的單字，順手拿智慧型手機搜尋一下，一點也不難。（不知道怎麼查的話，請看第3章的教學。）真正難的是學單字不像背單字，沒有人幫你選出哪些該背，哪些不用背；那怎麼知道哪些單字才是重要的單字，而哪些不重要呢？

　　難道所有不認識的單字，都要一個一個確認意思嗎？那也得花不少時間耶！不可諱言，看到每個不認識的單字就立刻拿手機出來，順手把意思查個清楚，絕對是個積極又最保險的作法。

　　但……讓我們面對現實吧，大多數的情況下，你不會只有一個不認識的單字，要你每個單字都查，未免太不切實際。我可不會建議你做連我自己都做不到的事情。

　　「學單字」有個很簡單的邏輯——只有經常遇到的單字是對你的生活來說較重要的單字，而偶爾才會碰到的單字，就是對你來說比較不需要費心記住的單字。

　　所以其實**你不需要「見字即查」**，相反地，你**可以放心地「總是偷懶」**，突然看到的生字，真的沒查也不會怎麼樣。反正它如果真的是常用的生字，**以後一定還會相遇，到時候再查也沒有關係**。

判斷單字是否非查不可的準則

我的原則很簡單：如果看到某個你不認識的單字不斷重複出現，**出現的次數多到你已經對他產生印象，但你仍然不知道他是什麼意思**，那就是查字典的最佳時機了。

同樣的一個單字，在某些主題、某些情境、某些人的生活中是特別重要的單字，但對其他人而言則是無關緊要的單字，因此不要讓別人告訴你，哪些單字是重要的單字，而哪些單字是可有可無的單字。

這個模式大大地符合了前一節提到的：人應該要自然而然「學單字」。如果一個不認識的單字在文脈中會讓你感到困擾，或是影響你理解文意，很顯然，你就必須立刻查清楚它是什麼意思。

但如果漏掉某些單字，而你仍然可以掌握 60% 至 80% 的文意，那你大可不必深究，反正如果它真的很重要，往後還會不斷出現，到時候再查也無妨。

養出好語感

我們已經討論過為什麼不該用不經思考、填鴨的方式，硬邦邦地從單字書上背單字，也知道這種學習方式為什麼對大多數人而言沒有效益，既然根本沒辦法靠死記的方式真正把單字記住，就該老實點慢慢累積單字。

但看到身邊那些看似非常強記的人，是否難免還是有

些羨慕呢？可話說回來，即便是強記的類型，死背單字也不是好事──因為就算背了 70000 字，也未必能養出好語感，所以其實好像也不用太羨慕他們。

我少女時就讀的中山女高在臺北是數一數二的名校，以文科見長的母校非常重視英文教育，尤其到了高三的時候，老師發了一本必背七千單字，全班同學都要背起來，每週會考一到兩次的單字考試，確認大家都有跟上進度。

不擅長背單字的我，面對這一關總是考不好，狀況好的時候還可以六十分這條安全界線上上下下，狀況差一點的時候，甚至考出二、三十分也見怪不怪。

時至今日回過頭去看那段往事，只考單字的這種小考，其實是只要花時間下去死背，人人都有機會拿滿分的無聊考試。如果無法滿分，說穿了只有一個原因，花的時間還不夠多而已。

和多數考八、九十分的同學相比，我之所以考得爛，不是因為笨，是因為懶。

但與此相對，我雖然單字追不上那些強記的同學，卻非常擅長寫英文作文。每次班上發英文作文成績，我幾乎都是全班前三高分。

這是怎麼回事？其實是讀書讀出來的。

我非常喜歡一本經典讀物《長腿叔叔》（Daddy-Long-Legs），國小時看過幾次中文譯本，到高中二年級時這本書被選為暑假作業之中的英文選讀，從那之後一直到我高三畢業，這接近兩年過程中，不知道重複閱讀這本書多少次。

懶惰的我，讀書的過程中從沒動用字典，看到不懂的字就跳

過去而已；但自然而然地，從一開始讀得慢又看不懂，後來卻能讀得快又理解大部分的意思。這神奇又不可思議的經驗，讓我初次了解「原來這就是語感養成」。

再到後來練習邊讀邊唸出聲，從每個單字都要停頓，逐漸變成嘴巴還能跟上眼睛的速度，過程還是一樣沒有老師教，但是仍然天天都感覺得到有進步。

而顯然沒有刻意練習的英文作文，也受惠這看似無關的讀書活動，而有了不錯的表現。語感就是這樣看不見摸不到，複雜卻又迷人的能力。

對使用語言的人來說，**擁有好語感比認得很多單字更重要**。前者是組織、使用語言的能力，後者是回答單字填空題的能力。你覺得孰輕孰重？

再回到學日文的主題吧。

好語感的優勢（1）很會猜單字

好語感帶來的好處很多。首先，沒有人能背下世界上所有的單字，在你面對未知的詞彙時，能夠拯救你的，往往是好語感。

既然再怎麼厲害的人，都不可能認識世界上所有的詞；那你可以想像，再怎麼認真的考生，也都不可能背得齊所有 N1 考題可能出的生字。畢竟你永遠不會知道出考題的人什麼時候會心血來潮，出一個冷門的題材啊！所以會猜，比會背更有用。

如果你能耐得住性子，在頭幾次看到新的單字不要急著查，光是靠著你曾經在多種不同文脈中看過同一個單詞，你的大腦是有辦法在你自己都沒意識到的情況下，逐漸整理出未知單詞的意思，你會發現多數時候，你連查字典都不需要！

頭幾次看到新的單字不要查的這種作法，除了可以節省很多查無謂單字的時間以外，同時還能訓練大腦猜字義。這個能力在考 N1 時當然至關重要。

但猜字是一種感覺、是能力，不是多寫考題就能練出來的機械反應，所以比起背單字，好好利用在生活中逐步學習新詞的機會，一方面增進自己的單字量，另一方面還能讓大腦越來越會猜字義，絕對遠比靠背單字來考 N1 的作法來得有勝算！

學單字的本能是我們與生俱來的資產，從來沒有消失過，只要好好活用，學語言就不再是件苦差事。

好語感的優勢（2）看得懂暗示

好語感的第二好處，在於能讓你明辨同義詞、同類詞之間的差異，並且據此了解話者的言外之意。

用這個邏輯學習單字，不只剛開始輕鬆，在累積到一定的單字量後，這方法帶來的另一個優點，更會顯示出其與眾不同的威力。

外語學習者進入到中高級的階段後，經常遇到的瓶頸是無法辨析同義詞之間的差異，還有解讀不出文脈間隱晦的意義。

即便是同義詞，其實經常不能互相置換。比如，「女性」和「女人」、「好吃」和「美味」、「跌倒」和「摔跤」、「拂曉」和「黎明」、「高興」和「快樂」，以上舉的例子雖然都是一樣的意思，但在寫文章或說話時，依照情感和想要表達的訊息不同，我們會選用不同的詞彙。

又比如我在下本節標題「養出好語感」時，大約花了 10 分鐘推敲文字。才五個字要花 10 分鐘！其他的候補名單，有「培養好語感」、「養成好語感」、「好語感的養成」、「培養出好語感」，其實每個都切題，但總是有一個最能表現我想說的，那就是「養出好語感」。

相較於「培養」這個持續性的動作，「養出」和「養成」都帶有完成了的意思，但「養成」一方面可以當作已經養成了，另一方面也可以用在正在進行，而「養出」則是最強調會有好結果，更符合本節強調藉由某個方法，最終達到擁有好語感目標。

除此之外，其實還有一個額外的考量，那就是聲調。「養 ＿＿ 好語感」中已經有四個三聲的字了，填一個一聲的「出」進去，能讓整體聲調更活潑，讀起來不會死板板的。

作家們之所以對文句斤斤計較，就是因為同類語之間微妙的語意差異，能給人完全不同的暗示（當然這也要聽者有相應的語言能力），也才有我們所說的字字珠璣。

這一點在日文裡也是一樣的。日文中有個詞叫作「ニュアンス」，語源來自法文的 nuance，但其意思和原文所指的「細微差別」不同，日文的「ニュアンス」是指語句

中暗示的微妙意義，也就是言外之意的意思。

很常見到的基礎單字「おもしろい」這個詞就是個好例子。「おもしろい」翻中文時幾乎一律翻作「有趣的」，但在日語中這個詞其實具有相當多變的色彩。

比如在你發表和對方相反的意見後，如果聽到對方說「あら、面白い考え方ですね。」多半表示對方並不認同你，但不想當場撕破臉。或是被問到對大家都認識的某個人有什麼感想時，明明不太欣賞對方，卻不適合當眾這麼說，也會用「おもしろい人ですね。」四兩撥千斤。

再比如有人用「おもしろい」形容一場表演，很可能是他雖然沒有不喜歡，但也沒有真心覺得有趣，因而想不出任何形容詞，就用最萬用而不帶情緒的「おもしろい」虛應故事。不過當然真的覺得有趣的話，也是同一句「おもしろい」！

那麼，要分辨到底是真心覺得有趣還是敷衍回答，怎麼辦呢？就得靠感覺。當然你也可以看前後文脈，比如嘴上說「おもしろい」但卻沒有具體說出哪裡有趣，多半就是單純的「社交辞令（しゃこうじれい）」，場面話罷了！

可是不論說了再多判斷的技巧，都沒辦法準確告訴你這種曖昧的詞句，在下一次出現時會代表什麼意思，只能靠臨場感受來分辨。而語感好，就是具有理解這種「明明沒說，但其實有說」的言外之意的能力，不只在解題上很實用，在實際生活場合更是至關重要！

■ 好語感的優勢（3）精準表達

第三個好處是語感好的人所具有的表達能力，比語感平庸的人更豐富。即便兩人單字量相同，語感好的人更知道怎麼使用不同詞彙、組合，能精確陳述出自己想要表達的內容。

不知道你有沒有遇過，明明跟你對話的人母語也是中文，你卻忍不住腹誹「這人到底在說什麼？中文真差」。

有時候聽別人講話，覺得對方講的話顛三倒四，一點邏輯也沒有，讓你越聽越迷糊，或許就是因為他的語感不好。

我有個中文不太好的朋友，每次跟他說話，都覺得筋疲力盡。

本節中曾出現過的一段話：

「我非常喜歡一本經典讀物《長腿叔叔》（Daddy-Long-Legs），國小時看過幾次中文譯本，到高中二年級時這本書被選為暑假作業之中的英文選讀，從那之後一直到我高三畢業，這接近兩年過程中，不知道重複閱讀這本書多少次。」

用他的語言講出來會變成：

「我高中讀了《長腿叔叔》，暑假作業的時候因為英文選讀就看，小學也有看，後來又重複看，看英文版，以前看中文版，高中畢業的時候三年級，看了快兩年，看很多次，真的很經典。」

我才覺得這種講話方式「很經典」呢！

外語若是艘小船，能載你航向世界、探索無限可能，母語就是港口，替你裝載資源錢糧，並且隨時守護著你，替你的心充電。

母語的能力會決定你的起點，所以多讀中文書也會幫助外語能力。當然，日文以外的其他外語，也可以幫助你學習日語，去過越多地方的人越不容易迷路，這是一樣的概念。

雖說不同的語言有不同的語感，但共通的是思維邏輯要清晰有條理，才能適切地用言詞表達自己。要練習語感，甚至根本不需要閱讀日文文章，多讀中文文章也有幫助。

讀越多，感受力越強，直覺變得敏銳，思維也會更有邏輯，當然語感也會更強。

第三招：創造全方位的日語環境

不住日本如何創造日語生活、學好日語？

如果在日本留學、工作，或是申請到赴日打工度假，而可以在日本生活，一邊學習日語，當然是不可多得的好機會。

可是住在日本，並不等於日語生活；不住日本，也不等於沒辦法日語生活。有沒有真心想要創造日語生活，藉此把日語學好，才是關鍵。

在這個資訊爆炸的網路時代，想讓自己能沉浸在日語中，最簡單的方法當然是上網。

千萬別小看自己使用網路、科技產品的時間，只要能在使用網路的過程中，意識到「要多使用日語」這件事，就能為自己增添很多學習的機會，甚至有住在日本的錯覺。

在生活中創造使用日語的機會，有興趣的主題就用日語搜尋相關資訊，購物網站也要天天逛！

就算不能去日本留學，只要方法用得對，也**可以讓自己沉浸在彷彿留學一樣的日語環境中**，並且**把日文練得十分有水準**唷。

影劇新聞素材學日文，妙用和陷阱

大部分的人都知道學日文的時候多看日劇，對聽力很有幫助。我們看日劇、日綜、動漫、日本網路新聞，或是追蹤日本人的 YouTuber，這些的確是可以讓人在短時間內「彷彿身在日本」的好辦法。但能不能掌握讓學習成效最大化的竅門，就影響你是事倍功半，還是事半功倍。

以學日文為目的收看影視節目時，影劇、新聞等素材務必慎選。

不論你是初學者還是日文已經不錯，盡量找有日文字幕的素材就不會錯。看影片時要同時打開眼睛和耳朵，既要看又要聽，這樣做可以一邊快速記得各種漢字的讀音，一邊學到各種不同場合使用的日語。

很多人剛開始時，會被字幕牽著走，耳朵自然關閉，事實上要能夠兼顧聽覺和視覺，需要一點時間練習。先熟悉最常用的句中關鍵字，比如：代表「我」的「私（わたし）」、「僕（ぼく）」、「俺（おれ）」，這樣做也能幫助你切斷句子結構，抓到整個句子的內容。

如果你發現自己看字幕能夠跟上故事進度，但是卻經常沒聽到關鍵字怎麼發音，可以試著選擇節奏、口白比較慢，且口語部分比較單純、句子短的影片，幫助自己的耳朵逐漸習慣聽日語。

不過要注意，如果你才剛起步沒多久，閱讀日文的速度還不夠快，可能會因為來不及看完字幕而看不懂影片故事內容，並且因此越看越無趣。

遇上這種情況，建議更換素材，找自己曾經看過中文字幕或已經了解故事劇情的影片，這樣一來在看日文版的時候，大腦已經知道故事劇情，就會自己幫你連結，以往對故事存有的模糊記憶和不完美的日文互補互益，你不但能看懂影片，還能猜出很多原先不確定的日文用法到底是在說什麼，就有趣得多了。

看影片要練習「跟讀」

即便不懂語意也沒關係，看影片的同時，要盡量「跟讀」──把一句句的台詞、對話，跟著複述。

練習句句跟讀，好處多多，同時**兼有訓練聽力、記憶力和口說**三種能力的功能。

跟讀能讓你熟悉日語正確的語調和節奏，對開口說日文非常

有幫助。不只訓練口說的正確度、舌頭靈活度，還能幫助你建立自信心，更勇於在實戰上開口說日語。如果你跟我一樣童心未泯，願意試著模仿角色的語氣，口說的練習效果還會更棒。

但更重要的是，跟讀成功的基本要素其實是你的聽力。為了能夠準確地說出句子，當然必須先聽清楚。所以當你以為自己在練口說的同時，其實早就在無形中先練好了聽力！

而且，跟讀可不只是能讓你聽得到和舌頭變靈活喔！跟讀練習到中期，會發生明明聽得很清楚，但是聽過就忘了，所以還是跟不到、說不出的現象。不過這只是短暫的過渡時期而已，持續練習，你對日語的短期瞬間記憶能力就會大幅提升，而這對 N1 檢定中的聽力考題有神效。因為 N1 考聽力，就是要你聽完能夠記住內容並且找到重點，才能選出正確答案。跟讀練得好，就能徹底避免「有聽沒有到」的問題。

一般人習慣的跟讀，大多是從頭開始念，耳朵進立刻嘴巴出，靠反射動作機械式地跟著念，能跟到什麼地步，原則上取決於嘴巴速度有多快。光是這樣，即便跟讀跟到了，還是有可能「有聽沒有到」，這時候，就需要換一種跟讀的方式來練習。

變種的跟讀技巧：「追字法」

追字法的跟讀方式和一般的跟讀正好相反，要從最後一個字開始往前追，如果只能記住一個字，就複述字尾，如果能記住三個字，就把倒數三個字跟讀出來。

因為不是聽到什麼立刻不經思索地唸出來，而是全部聽完之後，一口氣複誦，所以從後面開始往前追，比從第一個字開始逐字跟著複述，更有練習聽力、記憶力的效果。

這個方式是模仿孩子學母語的過程。孩子牙牙學語時，從一開始不會說話，再到可以開口，但只會說單音的過程，其實也是在「追字」。大多數的孩子們都一樣，剛開始往往只會複誦成人所說的句子的最後幾個字，到後來漸漸可以複誦父母所說內含三到五個字的短句子，年紀漸長，才逐漸能夠擴展句子長度到六、七個字以上。

幼童學說話的過程雖然慢，但是進步卻很紮實，一旦他會說的句子，就終生不會忘記。我們用「追字法」練習跟讀日語，跟這是一模一樣的過程，我們也能期待靠這個方式，自己的日語口說能力能夠在某天達到母語水準。

別以為剛開始面對落落長、語速又快的日劇，你就能夠完美地複述每一個句子，一般都是最後面的幾個字你會有較深的印象，也最容易「追」到；而句子前半段，很難記住，這就是考驗記憶力和理解力的時候。

即便記憶力很不錯，遇到很長的句子時，難免還是無法單靠聲音記憶就複誦出來，自然而然就會啟動大腦，將句子內容理解

消化後才能記得住，並進而「追」得出來。這有了記憶又有了理解，就能避免跟讀了半天，結果都只是像機器人「有聽沒有到」一般地複誦了。

我還記得頭一個月，光是要同時看字幕、聽對白，大腦就已經快要當機了，每一句台詞聽完，早就不記得內容是什麼，只能跟得到句尾的「です」或「ます」。

可是不要放棄，多練就會進步。

一開始只能跟到句尾，是非常正常的現象。但練習一兩週，你會發現前面就能又多綴上一個字、兩個字，後來你跟讀的內容越來越完整，不知不覺的，就會進步到能跟著整部影片，用同步複述的方式，把台詞從頭跟到尾，且一字不漏的程度囉！

進階的跟讀技巧：「回音法」

如果你跟讀練習已經很上手，想要讓自己的口說再更道地的話，不妨試試看臺大外文系史嘉琳（Karen Steffen Chung）教授積極推廣的「回音法（Echo Method）」。

回音法和大家熟悉的基本跟讀，或我喜歡的追字法不同，要在聽和說之間塞入想像練習，藉由在腦中「重播」剛才聽到過的聲音「音檔」，可以有效地強化聽覺記憶。

史嘉琳教授的回音法是這樣做的：

1. 找到自己有興趣的「教材」音檔，任何你有興趣

的影音素材都可以。長度建議介於一至三分鐘之間，最好有附逐字稿或介紹文章，並且由母語人士錄製。你的興趣是你最棒的啦啦隊，可以讓你學得更有勁、更開心，自然就能學得更好。

2. 將整個音檔聽一或數遍，熟悉內容，讓自己對內容整體先有個概括的印象。

3. 看兩次文字檔案。第一次應快速瀏覽，第二次要精讀，直到把整段文章完全弄懂，若有不懂的單字、文法，就查字典！

4. 再次播放音檔，播放短短的一段，可以是數個字，或是一句話，仔細聽，然後按暫停！到底要播多長，取決於你的聽力和記憶力有多強。（片段太長記不住的話，就該再縮短播放的音檔時長。）

5. 忍住！不要「跟著念」！讓剛剛播放的聲音在你腦中自然回放，就像回音一樣反覆出現。這個步驟，就是「回音法」的靈魂之所在。按下暫停後，到你脫口而出之間，你得先把剛剛聽到的內容「完整地想一遍」。（如果想不起來，就表示你沒聽清楚，可以回頭再聽。）

6. 極盡所能依照腦中「回音」的原音，用模仿的方式清楚唸出相同的內容。這裡最重要的事，就是不可以省事或因為輕忽差異，而使用了已經習慣的發音、聲韻來念內容。

7. 模仿原音的練習念過一次並不夠。你會發現「回音」跟你所直覺想念的方式，兩者之間常有差異，

這正好就是回音法要幫你修正的部分，同時也是練了最有意義的地方。因此每當發現有些地方念起來很不順，難以「原音重現」學得像的時候，就需要反覆多練。練到一個句子順順地不經大腦思考，也能脫口而出，聽起來就像「回音」的「原音重現」時，才能換下一句。如此重複下去，直到預定的練習時間到了，就可以結束。

為什麼要用回音法練習？

回想一下，我們學習母語的時候，靠的是書面文字、KK音標，或是正音班嗎？不是。我們是靠家人的句句引導，先聽到聲音，記住聲音，再複述，所以學會後終身不忘。

我們的「母語音檔」通常來自於家人之口，也因此同一份文稿拿給不同人念，會擁有不同家庭的語調色彩、不同地區的口音特色，這些在標準讀音的規範之外細緻的聲音特質，雖看不見、摸不到，但往往會**一代傳一代，繼承到每個孩子身上**，包括你我。

但學習外語的時候，我們卻不是靠耳朵，而是先學字母、音標讀音，再用眼睛看字，然後依照單字結構或音標拼湊出該怎麼念，自己憑空產生「音檔」。

這種自產的「音檔」和真正來自母語人士之口的「原

裝音檔」，有很大的不同。因為只是自己憑空想像出的東西，因此往往包含錯誤發音和怪腔怪調，卻不易察覺，而成為學習上的盲點，使人一步錯步步錯，甚至越練越怪。

所以念不好的問題源頭，其實是亞洲人的外語教育一直重視讀而不重視聽，耳朵未經充足訓練，也沒有音檔可以利用。因為**缺乏「聽的能力」和「聽的記憶」，自然沒辦法「說得道地」了。**

這一塊缺乏開發的部分，已成為我們的病灶。從聽不清楚到說不精準，一連串問題，其實都得回歸到耳朵上來解決——「回音法」正是專治此疾的良藥。

回音法的原理來自神經生理學的餘音記憶（Echoic Memory），運用無聲的想像練習，在腦中聆聽重播的語音，進而達到認識、記憶、內化聲音的功效，最終希望使學習者的口語能力能大幅提升，並將外語運用自如。

藉由「回音」想像的步驟，訓練大腦針對聲音集中注意力，不只可以聽清楚母語人士所說的外語和我們說的有什麼不同，腦袋中能夠調取利用的「音檔」也會越來越充實完備。

當可以調用的原裝音檔越來越多，每一次開口，其實都只是大腦調用資料，再代換幾個關鍵字，依樣畫葫蘆開口說而已，易如反掌。

過往每次都得拼命用自己僅有的單字，逐字拼湊出句子的那種腸枯思竭將不復存在。你也不用再擔心自己依照文法規範死命想出來的句子，對母語人士而言卻根本是不自然的台式用法。

史嘉琳教授的設計是，學習者應規劃每天十分鐘的練習時間。是的，一年 365 天，不可間斷，也不可貪多。每天都要十分

鐘，每天也只要十分鐘！正因為是個只要十分鐘的練習，所以對生活的負擔小，就能永遠維持練習的興趣。

但史嘉琳教授也說，如果真的有哪一天沒練習到，請別苛責自己，明天比今天更努力就可以了。但要我說，則更簡單了，誰能把一個學習計畫完美地貫徹始終呢？掐頭去尾、中間偷懶，才是人的本色嘛！

所以你不用壓力太大，昨天若少做了，今天多做補回來；明天要想放假，今天可以多做點預備起來，就是很好的彈性調整。或是，把每天都當成練習計畫的第一天，下定決心往後都要做到，也是個和惰性和平相處的方法。只要別被自己心中的小惡魔打敗，一直偷懶，那就可以了。

根據我自己練習的經驗，這方法的確可以解決非母語人士學習外國語言時，往往帶有濃重母語口音的問題，而且是立竿見影的神效。對母語人士用法更熟悉之後，講話時也確實更有自信和流暢。

不過良藥苦口，一開始練習的時候，要能順利讓回音在腦中不絕於耳，可不簡單。

經常練習跟讀、追字法的人，為避免忘掉句中的任何部分，往往習慣聽完內容後，在第一時間就反射式地複述所有句中的文字；但回音法正是**強迫學習者慢下來**，先透過回想，想清楚剛剛到底聽到了什麼的一種練習法，對練習過跟讀的人而言，一下子很難把舊習慣改過來。

一般的跟讀和追字都是看新聞或影集時，不按暫停鍵，一路跟著不斷追內容，讓大腦可以跟上自然語速、聽到細

節的過程，屬於大量消化快速內容的練習；回音法則是要逐句停下、逐字思考，內化，再消化吸收，最後能應用自如，是緩慢而細緻的練習。兩種各有特色和難點，也有不同的練習成效。

跟讀到最後，你一定會發現自己比較喜歡或適合某一種，而無法耐心做另一種。不用感到焦躁，覺得「我只做回音法，每天才十分鐘，會不夠嗎？」或是「我沒做回音法，我學習成效一定不夠好」。事實上當你了解自己喜歡哪一種的時候，你也已經摸透了這兩種，並且能夠更專注地使用自己喜歡的方法學習了，不是嗎？就算不是使用學界認為的「最棒的方式」，也無所謂。你能夠愛你所選，並且持之以恆地學下去，那麼**你所選中的方法，必定就是屬於你自己的「最棒的方式」**。

上日本網站購物學道地的日文！

在日本網站找尋自己喜歡的日本商品，而且別只是看看，要真的嘗試購物，買點什麼，這也是學日文的好方法。

你一定有屬於自己獨一無二的興趣，而世界上所有的事都和消費有關，因此如果你的興趣是時尚，你大可以逛服裝網站；喜歡美食就買各式各樣的日本名產！

舉個實際的例子吧。假設你喜歡戶外活動，平常有在慢跑和騎單車，太好了！日本的戶外用品、配件也有非常龐大的市場，能讓你研究得廢寢忘食。

一開始你可能只是在樂天這類大型綜合購物網站上找題材，輸入自己興趣相關的關鍵字，看得有些手癢；漸漸地你會研究更

深入一些，關注一些品牌、系列，然後開始嘗試著買觀望已久的產品。後來不只是購物了，你可以加入日本的討論社群，或跑去東京參加馬拉松，甚至安排騎單車環日本一周的 Gap Year！未來充滿無限可能！

而你為了搞懂購物注意事項、買東西不要買錯、弄懂運費規則等，會真的非常認真地去讀網頁資訊！那可是大量正確且文雅的商用日語範例，有了這個「密集課程」，還怕 N1 閱讀題考不過嗎？買越多，學越快。

比如我自己，能在 10 個月內從片假名背不全，進步到通過日檢 1 級，其實就是靠在購物網站上被迫練習的大量閱讀而來。能讓人硬是把不熟悉且難以下嚥的各種片假名跟單字學會，除了購物這個強烈的動機，又還能是什麼呢！非常推薦你多逛、多看各式各樣的購物網站，甚至如果財力足以支撐你的消費行為，那還可以多買！

這種邊學邊買的方式，可以適當地犒賞自己，當學習和享樂並進，保證成就感十足──這很重要，沒有什麼理由會比學日文更合理、更可以讓我們放縱自己購物了，值得歡呼啊！

當然一開始逛日文網頁，你會遭遇到一些困難，比如不知如何解讀內文，或是看的速度慢到連自己都受不了；這是好事！本書第 3 章為你搜羅了所有可以幫你解決這些問題的工具，從如何搜尋陌生字詞，到如何讓你瀏覽網頁更有效率，只要按圖索驥善用那些技巧，平均一個生難字，只要不到一秒就能過關，幾乎不會影響你閱讀速度。

每次遇到新的單字，查完後腦中就已經有了記憶，不管是否抄成筆記，都已經是你的資產，即便沒有完全記得很詳細，下次又遇到了，還是不記得得再查，也是一件值得開心的好事。當你意識到自己總是遇到某個單字，而總是不知道它的意思，表示你已經對它有了印象，再和它「見面」個一兩次，我相信你幾乎就不可能再忘記這個字到底是什麼意思了。看似緩慢實則是條捷徑，這就是大量閱讀能快速累積單字的魔法。

而**比起枯燥的樣板課文**，或是「This is a book.」之類**現實生活中根本用不到的例句**，購物網站的內容往往更生動而實用。店家為了促進銷售量而精心撰寫的商品文案，和正負兩極的消費者評論，所有**文字完全真實且有血有肉**，因此能讓人讀得心甘情願，甚至欲罷不能。

利用購物網站學日文，就能完全避免靠課本學日文後，分不清究竟那些課文、例句是單純為展示某個句型而生，還是實際真的適合應用在生活中，那種讓人覺得尷尬的困境。

▍ 靠 Shopping 練日文全指南

雖說網購是優秀的閱讀訓練管道，但也不是所有網站都適合作為練習平台。對於初學者，我建議從日本樂天市場開始下手。日本樂天市場是個商家來自全日本的綜合賣場，商品種類多元，不管要買什麼上面都一定找得到。

樂天市場的版面像學生的科展壁報，五顏六色所有想呈現的東西一股腦通通都在網頁上，一頁拉到底看得人眼花撩亂，不同

店家的文案呈現方式還各有特色，夾圖夾敘讓人怎麼看就是不會膩。初次嘗試直接上日文網站的人，在圖片、文字交叉出現的購物情境下，要理解內容自然也輕鬆得多。

為了練習日文，逛了購物網站，進而產生消費需求，跨國購物必須刷卡，為了避免消費糾紛，你當然得謹慎地審閱交易規範──這個沉重的需求，會讓你體驗到全心全意讀好一篇文章（那篇交易規範）是什麼感覺。而成功訂購後，實際收到自己購買的商品，則是你成功學好日文附帶的戰利品，天下哪有比這更開心的事？

樂天網購絕對值得實際操作看看的另一個原因，是店家彼此之間競爭激烈，因此客戶服務更用心！手寫信、敬語信收不完～

每當你訂購商品之後，樂天市場的店家會將出貨前各環節的進度，用 Email 報告，信件全數以敬語撰寫，這當然是學習日文的好機會。一般來說，如果不是進入日本職場，外國人學日語進步到可以掌握敬語，可沒那麼容易，更別提誰會寫敬語書信給你了，對吧？什麼叫做從字裡行間無處不恭敬，什麼叫做不只是奉顧客為上賓而是奉顧客為神，樂天店家的信絕對能讓你體會到真正的日本客服態度！

附帶一提，日本樂天市場優惠規則超級複雜，也是練習日文的大好機會。在樂天市場購物，有非常複雜的點數回饋和折價活動系統，包含折扣券、買多樣回饋點數加倍等，而且買得越多會員資格會不斷攀升。要弄懂日本樂天

初學者適合的練習平台：樂天市場

www.rakuten.co.jp

會員資格和各種福利，可是挑戰日文實力的大難關。接受這些挑戰，然後發現原來也沒這麼難，還能撿便宜，就是最棒的收穫了！

另一大日本網購巨頭 Amazon 亞馬遜，則提供完全不同的購物體驗。樂天的多樣化和豐富版面在日本毀譽參半，有些受不了它花俏大嬸風格網頁的顧客，會轉向亞馬遜，享受它簡潔的呈現方式。

亞馬遜能和樂天競逐網購市場，當然不是省油的燈。表格化的商品資訊，累死快遞的極速到貨，以及 Prime 會員特典，再加上它對海外顧客非常友善，許多商品能夠直接從網上訂購，略加

有效率地購物首選：亞馬遜

日本亞馬遜

www.amazon.co.jp

運費便幫你直接出貨，配送到世界各地，省去轉運、託人代收包裹等麻煩，想要有效率地購物，亞馬遜絕對是首選。

日本的貨運業者處理貨物的態度相當謹慎，亞馬遜包裝商品的水準更是一流，因此極少有貨品被摔壞的問題，只要亞馬遜列為能夠運往海外的商品，就可以安心訂購，開心收貨。

如果要往日本旅遊，或是長住日本，則可以花點小錢加入 Prime 會員，不只極速配送免額外運費，還有 Prime Music、Prime Video 及免費雲端硬碟等好康可以利用。

Prime Video 雖然使用上有區域限制，必須在日本國內才能使用。不過如果你住日本，用 Prime Video 可以看到的日劇數量龐大，電影也包含了歐美及日本乃至世界各國的電影，是喜歡看電影的人的寶庫。

Prime Music 裡面則有 100 萬首免費音樂，而且以西洋音樂及日本邦樂數量充實，對喜歡聽這兩類的人來說，非常划算，而且不限地區，在世界各地任何角落都能隨時連上網聽音樂。

日本和臺灣網購法規有個很大的差異，訂購後沒有七天猶豫期，即便是店家接受退貨的情況，退貨也往往須由買家自行負擔退貨運費。但在日本國土上從亞馬遜購買服裝，如果尺寸不合，卻可享受免運費退貨的服務。

經常購買日本網購服飾的話，還可以加入集結超過 6000 個品牌的網購品牌「ZOZOTOWN」付費會員，也能享有尺寸不合時，七日內免費退換貨的好服務。

若說到其他的購物網站，諸如 Shopping 賣場與拍賣賣場俱全的「Yahoo! JAPAN」和線上二手書霸者「Book Off Online」，也都是很好逛的「買到剁手警戒區」。

尤其是 Book Off Online，我每個月都買，還是買個沒完！海量新書、二手書、CD 和遊戲，以及超棒的 108 日圓特價專區！讓人總是忍不住手滑買太多。

購物的世界太大了，剩下的你們就自己去發掘吧！GO！

 買到的戰利品怎麼運回臺灣？

畢竟是跨國購物，要如何在臺灣收到日本來的包裹呢？總共有三種方式：

(1) 一次多單買好買齊，委託集運寄送

　　只需要在臺灣動動手指就能收到日本來的包裹，最方便省時。各家業者有不同的費率和政策，有的會針對統整多個包裹，化零為整收取每個包裹數百日圓的服務費，而「樂一番」則是五個包裹以下不收取統整服務費，對一次訂了好幾個包裹，想要合併運費達到省錢效果的人而言，就省錢省得很有感覺了。

　　樂一番也是個很愛辦優惠活動的集運公司，常態性的有關稅補貼、EMS 運費減免、日本特定網站購物回饋購物金等等，購物前花點時間研究最新的優惠，說不定又能幫你省下一筆。

　　選擇委託集運業者寄送時，一定要先確認航空／海運包裹以及各業者所規定的寄送限制。否則買了之後無法寄出，貨品又無法退貨時，會被視為廢棄物銷毀，那可是損失慘重。

集運業者樂一番

www.leyifan.com/cht

(2) 日本旅行時請飯店代收網購包裹，再手提回臺灣

集運通常還是會收取代為寄送的手續費，因此如果你剛好要去日本出差或旅遊，直接算好網購到貨日期，寄到飯店然後手提回台，會是個省錢的作法。

日本飯店大多提供代收包裹服務，只要事先以電話或 Email 向飯店確認訂房資料（可以用英文詢問，但這可是你練習日文的絕佳機會），然後表明需要代收服務，告知對方包裹內容物、數量、包裹大小及預計送達日期，而飯店也同意你的要求時，通常可以免費享受這項貼心服務。

生鮮包裹或過大的包裹被飯店拒絕的機率較高，這是為了避免商品品質在你取貨前腐壞，過大包裹則是會對行李間空間較小的飯店造成極大不便，因此超過 28 吋行李箱大小的包裹，就應該特別強調，由飯店決定是否可以代收。

即便飯店同意，也應該安排寄達日期剛好落在你的入住期間內，以免造成對方困擾，並且要想清楚你收貨之後，這麼大的一個包裹，你是不是有辦法帶去機場，再帶上飛機，靠一己之力運回臺灣。如果思來想去是帶不回來的，就請參考接下來的第三種方式。

(3) 上網登記日本郵便，不用提包裹趕飛機

過大的包裹非常推薦直接交給日本郵便，因為雖然它不一定無法上飛機，卻幾乎不可能在不製造痛苦回憶的情況下帶去機場。

試想，大包裹哪有不重的？你拖著這麼重、這麼巨大的包裹去機場，路上耗費的精神體力之大，就算一次吃十個飯糰都補不回來。更何況任何大型包裹在日本電車上都會遭人側目，尤其通勤時間帶大包裹上電車，更是千夫所指、眾矢之的。因此不要虐待自己也不要虐待旁人，還是交給專業的來吧。

日本郵便或許是世界上最親切的郵局了。即便只是一封信，郵差也能為你專程上門收件，而且不加收任何服務費。要使用這項服務，必須謹守兩點：先上網預約，並且恪守預約的時間，把你想要寄送的包裹交給郵差。

最親切的日本郵便

日本郵便
上門收貨預約

mgr.post.japanpost.jp/

包裹必須在郵差抵達前完成包裝，而包裝最好是用高等級的厚實瓦楞紙板包覆，以免國際運送途中包裹摔到造成內容物損傷。如果你沒有紙箱，在預約時勾選購買紙箱並填妥數量，郵差也會帶來給你，不過郵差不提供幫忙打包的服務，所以你還是得自己完成。

完成之後郵差會為你的包裹秤重，並且用小推車將它帶走。郵寄費用直接交給上門的郵差即可，所有費用都只能用現金或是郵票交易，你必須準備足夠的現金，或是去票券行買郵票，會稍微省一些些，以數千日圓的郵資而言，大概可以省個幾十到一百多日圓，但這數目甚至還不足一趟公車車資，因此值不值得這麼麻煩，你得自己決定。

如果你確定自己的包裹已經包裝完成，並且預留郵資給飯店櫃檯，有些飯店願意為你寄出包裹，這樣一來你就不需要自己在飯店內等郵差，可以出去東逛西逛。不過這也有利有弊，別忘了我們的初衷還是學日語！你這麼做的話，可是又損失了一次體驗日本郵差上門、跟郵差聊天的好機會喔！

交個日本人語言夥伴

是「語言夥伴」不是「語言交換」

以前我曾推薦過許多日語學習者利用「語言交換」的方式學日語，多數人嘗試語言交換後，都反應這確實是個

好辦法。但綜合學習情況和回響，我得到一個結論：認識外國人後進行語言交換來學語言，其實只是混水摸魚；利用雙方的語言優勢，進行文化交流反而能一石二鳥！沒錯，找「語言交換」，不如找個「語言夥伴」！

一開始，你或許會對語言交換存有幻想，但讓我這個過來人告訴你吧——現實是殘酷的！與其找個從來沒試著教外國人母語的日本人「學日語」，還不如趁早放棄這個念頭！

為什麼呢？

語言交換表示你要教對方中文，而他要教你日文。雖然我相信大家的中文能力都很棒，但能不能夠教別人，又是另一回事；而對方雖是日語母語，卻也同樣不一定能夠把你教得好。

說穿了，即便是受過專業訓練的老師，都不一定能讓你覺得內容有趣、快速進步了，你怎麼能期待在語言教育上毫無經驗的對象能把你教得很好呢？**並不是母語人士就等於是好老師啊！**

大部分的語言交換包含你教對方和對方教你，共兩個部分。雖說教學相長，但老實說你教對方的這個部分，對你而言收穫不大，主要是花費時間代替花錢，讓對方願意免費教你而已。但對方教你的部分，對你的收穫究竟是大是小，卻全看運氣。

而絕大多數的情形下，運氣都不太好……因為**對方跟你一樣不知道該怎麼教**，只是為了讓你願意教他，所以以工代酬而已！很有可能你每週浪費了一或數次的半個小時在對方身上，努力地教對方，但過了半年卻發現你學到的東西，遠不如把那半個小時拿來自學的多。

相反地，看似捨近求遠地跟對方「用日文聊天」，而非看似

免費又好康地「跟他學日文」，反而是確實能讓你在生活中有自然地使用日語的機會。想通這一個癥結點，你就會懂得為什麼以「用日語」而非「學日語」為目的，反而是條增進日語能力的捷徑。

好了！你已經有了正確的心態，接下來只要找到好的語言夥伴，就可以開始囉！

如何找到語言夥伴

找語言夥伴方式很多，你可以到住家附近的大學裡找，如果是規模比較大或排名不錯的學校，有為數不少的國外交換學生和留學生，你就有機會在這樣的大學裡找到外國朋友。比如臺灣師範大學是全球有名的學中文殿堂，外國人口密度高得不得了，住臺北的話絕對值得去走一趟碰碰運氣。

大學裡的語言中心通常設有交流用的布告欄，經過申請（請依各校規定）後貼出你的徵友公告，然後靜待佳音。或是看看如果剛好有人在徵求臺灣朋友，也可以試著聯絡對方。

這種校園公告的方式成功機率極高，因為是在半實體的平台上認識，而且有校園這個安全感十足的環境加持，彼此之間防備心較小，容易養成長期關係。但這年頭還會看布告欄的人實在不多，所以只能當作姑且一試，不能完全只仰賴這種方式。

透過網路找語言夥伴成本最低，而且可以短時間內亂

槍打鳥，投幾十封自我介紹訊息也用不了三小時，總能有一兩個成功聯繫上，是最速食的方案。

不過網路交友本來就有些風險，一不小心被麻煩的對象纏上，就吃不完兜著走了。所以推薦你從語言交流者社群下手，不要用一般交友軟體胡亂找對象。

推薦以下幾個語言交流網站：Lang-8、HiNative、JCinfo 外語學習網、HelloTalk。這些網站各有不同的強項，而共通點是以上的網站都有大量日本人出沒，且使用時沒有繁雜的註冊手續，也不需基本費用，因此值得你一一嘗試。

語言交流網站推薦

Lang-8 寫日記學外語
lang-8.com

LINK!

HiNative 解答外語疑難雜症
hinative.com/zh-TW

JCinfo 外語學習網
www.jcinfo.net/tw

Hellotalk 語言交流App
www.hellotalk.com

關於如何利用網路找到語言交換夥伴的細節，以及上述四個語言交流網站的詳細介紹，請參閱第 4 章「15 個線上練日文必備免費資源」。

如何選擇語言夥伴

我在十幾年前還是國高中生的時候，就嘗試過語言交換了。最初是從練習英文開始，因為那時候我根本還沒開始好好學日文！

隨著時代演進，科技為我們的生活帶來更多方便的溝通選項，語言交換的媒介也從最早的 Email 通信，進化到傳私訊、語音對話，甚至直接視訊。當然，智慧型手機興起後才有的語言交換 APP，也是一個很不錯的選擇。

光是我自己的經驗中，為了練習日語，我曾經接觸過的日本人就超過 100 位；再把為了練英語而接觸的語言交換對象加進來，總數超過 150 人。

數字雖然龐大，但真正獲益的經驗卻沒有想像中的多。語言交換的世界跟相親很像，雖然一開始彼此都有共識要作為互惠的語言交換對象，但未必最後真能如願，一切都得看緣分。

在我過往遇到的這麼多人之中，實際上對話能延續超過一周的，不到 15 人，而往來能超過半年的，更只有寥寥 4 人。成功率這麼低，難免讓人有些氣餒。

但其實這結果並不令人意外。一方面是因為語言交換

本來就需要點耐心，但另一方面，這跟個人選擇對象的眼光也有關係。在了解自己到底適合什麼樣的語言交換對象之後，才比較能找到長期維持關係的語言交換對象。

在我過去遇到的這些語言交換對象之中，年齡最高的超過 70歲，年紀小的只有國小，而絕大多數的語言交換對象，是年紀集中在大學到 35 歲之間的青壯年。

但大多數的語言交換對象（介於大學到 35 歲之間的年輕人們），就跟你我一樣，定性不佳、外務多，而且同時有很多語言交換的對象，每個人都是「後宮佳麗三千」，所以語言交換的結果，通常都是對話幾次之後，不了了之。

相反地，高中以下，或是超過五十歲的長輩，反而穩定性高得多。而這之中又尤其以已退休的長輩，最能扮演好語言夥伴的角色。比如，我最喜歡的語言夥伴就是位年逾 65 歲的退休公務員，伊東先生。

一開始雖然我和伊東先生也是在語言交換的平台認識，而且伊東先生也確實正在學中文，但伊東先生說：「我的中文還太爛了，應該沒辦法跟你對話得很順利，不如我們就單純聊天、交個朋友。」此事也成為我從「語言交換」邁向「語言夥伴」的最初契機。

你和朋友怎麼聊 LINE，和語言夥伴就怎麼聊。只不過，有時候用你的語言，有時候用他的語言而已。至於怎麼決定用誰的母語，就得雙方自行協調。

說起來伊東先生是個特例，因為我們幾乎 95% 的情況下都是用日文對話。但也不是完全只用日文！

我知道伊東先生自己也有在上中文補習班，每週三次，只不過一來中文輸入法不熟練，二來並沒有積極想要練好中文，因此在聊天的過程中大多配合我使用日文。但只要是介紹到臺灣的文化或日文中有對應到相應中文概念的詞彙，我會順帶插入一兩個單詞，讓伊東先生能多了解一些中文。

這些都是自然而然形成的默契，沒有人強硬訂出規則，但是雙方一旦合拍，就會養成習慣，經常對話。而和語言夥伴的對話成為生活的一部分，不正是我們所想達成的目標嗎？

除了練日語，語言夥伴更大的益處是增廣視野並提供不同的觀點。不用出國也能感受文化衝擊，並在對話的過程中，學會怎麼尊重不同的想法，而且在尊重的同時，能夠有條理地解釋自己的想法，達到善意交流的目的。這樣的練習，對以後真的要使用外語（或母語）跟外國人交談時，也有極大的幫助。

比如伊東先生，因為他年紀長，擁有豐富的人生經驗，偶爾遇上無法和師長父母討論的事情，或是職場上和上司應對時遭遇困境，都可以和這樣的對象討論。尤其，因為伊東先生終究只是網路上的語言夥伴，彼此間並不過度親密，有著適當的距離，他反而能夠做很好的第三者，在分析事理時特別有幫助。

這種感覺，就像小丸子和佐佐木爺爺一樣。在過度關心你的長輩角色（例如小丸子的爺爺友藏和小丸子的媽媽），和不友善

的長輩角色（比如職場中不斷找你麻煩的上司）之間，一個同時擁有爺爺、職場前輩經驗的長輩，適時提供一兩句提醒，有時就是解開困難點的鑰匙。

選擇長輩作為語言夥伴的好處，是比起對於學習的熱情，對方更想要了解年輕人，以及滿足自己對世界的好奇。他對語言的學習需求較低的情況下，只要可以作為他觀察年輕人的窗口，就已經算是稱職的語言夥伴，因此彼此可以多花時間在溝通觀點、討論台日文化不同之處，這些可比找個門外漢教你文法、矯正發音有意思得多。

當然我也還有其他的語言夥伴，比如以前曾聊過一段時間的上班族森先生。因為認識了森先生，我認識了他的家鄉「佐渡島」。新潟縣旁邊居然有個這麼大的島嶼，而島上居民只有兩萬人！如果不是認識森先生，或許我一直要到很久以後，才有機會知道日本這些不為人知的小地方。

不過上班族的生活時間非常固定，而我的生活則充滿彈性，在雙方沒辦法很有韻律地搭配在一起，必須時常顧慮對方是否已經睡了，或是正在開會等不方便傳訊息的情況下，自然也就逐漸不再聯絡。這些事情如果自然發生，別太介意，重新上網找幾個語言夥伴，說不定有更合適的人正在等著你。

選擇語言夥伴就跟相親一樣，多認識、多嘗試，你就有更大的機會能遇到願意一直相處下去的對象。你不一定有機會遇到最適合你的人，但是你可以從你遇到的人之中，選出最合拍的人。

人與人之間的關係，本來就沒有「最適合」，只有「最巧合」。在某個時間點你剛好遇到某個對象，而兩人能夠不虎頭蛇尾地細水長流，那你們就是彼此的最佳拍檔。你永遠不會知道這個人是否是「最適合」的，也永遠別拿這個問題煩自己，只要知道現在的「巧合」剛好能讓你既快樂又學到東西，並且**珍惜對方願意跟你對話的機會就好了**。

嗯，不論是愛情、婚姻還是語言夥伴，只要想通這一點，我想你就再也不會有煩惱了。

第四招：跳脫中文思考，讓日文徹底滲透

慣用中文思考的弊病

不論背單字還是會話、寫文章時，盡可能不要用中文思考！

每種語言有獨特的邏輯，學語言最忌「翻譯式學習」——用母語翻譯外語內容，用母語思考後，再將母語翻譯

成外語回答。

　　比較好的作法是**模仿嬰幼兒牙牙學語的過程，學日語時，就只用日語思考！**這麼做，就可以擺脫傳統學習方式造成的三個問題：

　　第一，傳統背單字習慣靠單字翻譯表，「書本＝本（ほん）、鉛筆＝えんぴつ、窗戶＝窓（まど）……」，對於強記的學習者來說，這個方式的確可以快速地大量累積單字，但對大部分的學習者來說，都是苦藥。誰背得起來啊！說老實話，能用這麼枯燥的方式背下幾千、幾萬字新詞的人，也不用買這本書了吧？（笑）

　　第二，一旦遇上母語中沒有的詞彙，「翻譯式學習」可就無解了。像是日式美學精神中的「幽玄（ゆうげん）①」概念、表達重物落水的狀聲詞「どんぶりこ②」、婉轉拒絕人時常說的「生憎（あいにく）」等，這些詞包含著日本的文化、精神，在中文裡很難找到直接翻譯得過來的對應詞彙（在英文裡也沒有）。因此，養成好習慣，學日語時忘記中文思考，直接從文脈、情境中，用日語思考、感受，一開始或許覺得自己是個小笨蛋，但其實這就跟嬰幼兒學母語一樣，起步雖慢，後面卻很輕鬆。

　　第三，用母語主導思考外語的翻譯式學習方式，會在外語中留下強烈的母語語感，最後養成使用外語時總要先翻譯回母語，用母語思考，再翻譯回外語，如此便形成「母語病根」。但每一種語言的邏輯都不一樣，落下母語病根的話，要治就難了！

翻譯快與直覺強的矛盾

　　不過這種用日語學日語的方式，不是沒有缺點。

　　我發現相較於翻譯式學習，採用這種方式學習後，在做日語和其他語言之間的**即席翻譯**時，**反應可能會比較慢**。這是因為一開始大腦在建日語字庫的時候，**沒有建立日文詞彙和中文詞彙（或其他語言）間的對應索引之故**。相較於翻譯式學習者有大量「書本＝本（ほん）、鉛筆＝えんぴつ、窗戶＝窓（まど）」的記憶可以利用（死背不是沒價值），直接用日語學日語的話，有時會發生想跟朋友解釋某個日文詞彙的意義，但卻一時找不到對應的中文詞的情況。不過跟這個小缺點比起來，翻譯式學習法的弊病更大，建議你一定要想清楚利弊得失。

　　歸根究底，語言很重要的一項功能在於溝通，透過說、寫，來表達個人的思考──比起文法對錯，詞彙雅俗這些枝微末節，透過新學的語言，能夠把心裡所思所想精確表達到什麼程度，才是測試一個人掌握語言到什麼程度的試金石。

　　念課本、背單字或許可以幫助人考過日檢，但日檢通過與否和日文程度好壞不能劃等號，遇事能不能說得出來？生活中、商場上能不能聽得懂別人說出來的話？這些東西不可能只靠課本學好。反過來說，日語學得好，語言邏輯、語感夠強，要考過日檢，就如同喝一杯白開水般自然了。

1. 日語小博士：「幽玄」ってなに？

中文文學中說的詩趣、字裡行間的意有所指，都是幽玄。還是不懂嗎？
幽玄包含兩個特色：「余情」和「美」。

幽玄的第一個特色「余情（よじょう）」，指的是不可言喻、超乎形體、
隱晦、意味深長、神祕微妙的「只可意會，不可言傳」的境界。

日本人稱言外之意為余情，在和歌等藝術表現之中，無法透過文字表
現出的美與情趣，都是余情。平安時代的貴族文學家藤原俊成以余情、
幽玄作為品定和歌優劣的標準，自此奠定了幽玄的概念。

幽玄的第二個特色則是「美」。《大辞林》對幽玄的解釋之中，包含
優雅、品味、溫和，以及伴隨著余情而生的感動。也就是說只要聽者、
讀者、看者從中感受到美與感動，則不論是枯淡或濃豔，都算是幽玄。
兩者缺一不可。

幽玄可以默契，可以是共識，或是對美的共同感受。摸不到，說不明
白，但卻真實存在。

2. 日本三大兒歌裡的「どんぶりこ」謎團

《どんぐりころころ》在日本是超級有名的經典童謠，幾乎所有日本
人都會唱，也收錄在昭和時期的教科書中。童謠內容描述橡木實滾
滾滾滾，掉到水池中遇上泥鰍，兩人變成好朋友的故事。第一句的
歌詞「どんぐりころころ　どんぶりこ。（橡木實掉進水中，還發出
「咚！」的聲音。）傳唱百年，但很多日本人根本不知道自己唱的其
實是錯的。

當初因為作詞的青木存義故意找近似音，導致第一句的開頭「どんぐ
り」跟句尾的「どんぶりこ」太相像，經常被小孩子誤唱成「どんぐ
りころころ　どん『ぐ』りこ」，結果一錯就是一輩子，到老教育下
一代，又教了錯的內容。

秋天楓葉轉紅時，常可見到日本保育園（ほいくえん）的老師帶著幼
童們到公園樹下團栗（どんぐり），一邊唱著這首歌的景象唷！

一起來唱《どんぐりころころ》：https://youtu.be/L78EtpPu9iA

chap-
ter 3.

能讓你提高成效的

小工具與學習技巧

　　學日語是條漫長的路，補習班可能讓你花很多錢，但不一定能讓你學會很多東西。善用本章分享的免費資源，不論有沒有補習，不論你是否能一次考過日檢 N1，都會幫助你維持對日語的熱情，只要在學日語這條路上一直學、一直進步，那還怕沒有成功的一天嗎？

　　每一個免費資源的篇章中，我除了會介紹免費資源的基本功能和使用方式，也會把「怎麼利用這個資源學到最多、學得最好」詳細說明。請不要對免費資源的數量感到

有壓力，你不需要每個都用！只要挑出最適合自己的免費資源，用那幾個好好地享受自己的日語實力每天都「有感進步」的過程就可以了！

本書介紹了融合漫畫題材的好資源、了解日本生活的好資源、說出道地日語的好資源、聽懂日語的好資源、以及克服單字恐慌的好資源。

要學好日文，必須要先學好工具，尤其是跟電腦相關的工具最為重要。在學日文的路上，這些必備工具將像唐僧有了孫悟空一樣，遇上任何困難都能助你逢凶化吉。我們一一來認識它們吧！

3·1 日文輸入法

平常我們能接觸到的日文輸入法有兩種系統：電腦、手機共通的「羅馬字」日文輸入法，以及「假名方格」日文輸入法（手機專用）。

羅馬字的輸入法是大部分的外國人使用的輸入法，很簡單，就只是用羅馬字拼出假名而已；第二種的輸入法，則和日本人的機械手機鍵盤一樣，是直接輸入平假名的用法。

實用上，我建議大家用外國人的羅馬字輸入法就好，這種輸

入方式進入門檻很低，只要跟著我給的範例輸入，一起練習看看，你馬上就能學會。

　　不過如果很熟練了，想要在手機輸入時能更加快自己的輸入速度，或是想藉由用跟日本人一樣的輸入方式來炫耀自己與眾不同，那時再來練習第二種的「假名方格」日文輸入法，也是很不錯的。

電腦、手機共通的「羅馬字」日文輸入法

首先，先把手機或電腦中的日文輸入法設定好

例如：（羅馬字輸入法）

iphone 設定➡鍵盤

新增鍵盤➡日文

羅馬字➡日文羅馬字

接著，來實際練習吧！

1. 輸入一般平 / 片假名「あいうえお」：

輸入羅馬拼音，選擇正確的假名，或是相對應的待選漢字。

例如「愛してる」＝「あいしてる」＝「aisiteru」、「ハワイ」＝「hawai」

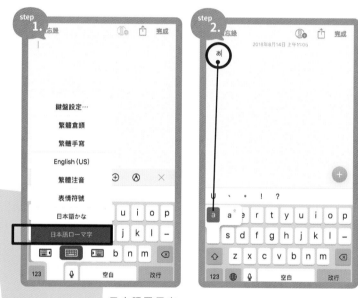

日本語羅馬字 ➡ a

2. 輸入「ん」：輸入兩次「n」就會出現「ん」。

例如「関東」＝「かんとう」＝「kanntou」

3. 輸入片假名的長音「—」：

英文鍵盤中寫著減號「-」的按鍵，在日文輸入法時，

相當於平假名用的長音的符號。

例如：「パーン」＝「pa-nn」

4. 輸入縮小字的假名「ぁぃぅぇぉ」、「ワカケ」等等：

在假名前面先輸入「L」或「X」，後面出現的第一個假名
就會縮小。

例如：「まぁいいや」＝「malaiiya」、「コメディー」＝「komedeli-」

5. 輸入促音「っ」：

方法一

重複輸入促音後的第
一個羅馬拼音的子音
部分。

例如：「出会った」＝「であった」＝「deatta」、「かっこいい」＝「kakkoii」

方法二

輸入「Ltsu」或「Xtsu」可以得到「っ」。（同前面輸入
縮小字假名的作法，但比較麻煩，所以只推薦打錯字或需
要補輸入時再使用）

例如：「出会った」＝「であった」＝「dealtsuta」＝「deaxtsuta」、「かっ
こいい」＝「kaltsukoii」＝「kaxtsukoii」

6. 輸入拗音「ゃゅょ」：

方法一 ・・・・・・・・・・・・・・・・・・・・・・・・・・・・・・ 推薦
使用

省略拗音前一個假名的母音部分，直接
輸入拗音部分。例如：「京都」＝「きょうと」＝「kyouto」

方法二 ・・・・・・・・・・・・・・・・・・・・・・・・・・・・・・・・・・・

輸入到「ゃゅょ」之前，先輸入「L」或「X」，可
以得到「ゃゅょ」。（同前面輸入縮小字假名的作
法，但比較麻煩，所以只推薦打錯字或需要補輸入
時再使用）

例如：「京都」＝「きょうと」＝「kilyouto」＝「kixyouto」

「假名方格」日文輸入法（手機專用）

　　從 1990 年代至今，日本人用手機傳訊息已經將近 30
年，早就習慣「フリック入力」──用行動電話的
十二個基本撥號按鍵輸入五十音。

新增鍵盤➡假名➡日文－假名

假名方格輸入法的配置很簡單、好記。

假名方格的基本原則：

1. 從あ行開始，數字鍵的 1 到 9，再加上最下排的 0，正好對應あかさたなはまやらわ共十行。

2. 以智慧型手機而言，每行正中間短按一下就是 a，長按則會出現 i/u/e/o，由左邊起順時針排列，按住不放並往旁邊滑，再放開，就可以選取想要的假名。

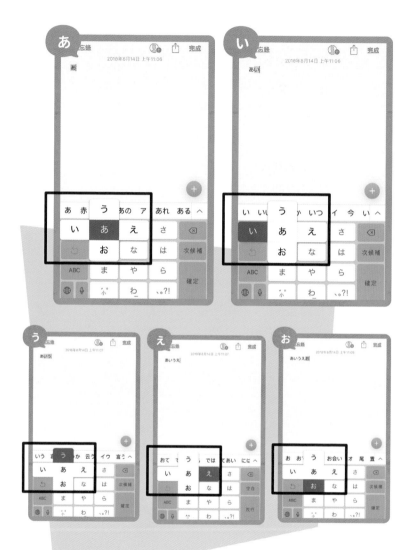

每行正中間短按一下就是 a，長按則會出現 i/u/e/o，由左
邊起順時針排列，按住不放並往旁邊滑，再放開，就可以選
取想要的假名。

3. 排列在最下面一排的「＊0＃」之中，除了中間的0代表假名わをん之外，左邊的＊專門用來輸入濁音「゛」、半濁音「゜」以及將非拗音的假平縮小「つ→っ」；＃則是用來輸入各種標點符號，一樣運用長按後滑向上下左右的方式操作，就可以選取不同的標點符號。

因為每個假名只需要按一個鍵就能輸入，因此若能成功駕馭這個正港日本人才會用的輸入法，那你輸入日文的速度，會比其他人快二到三倍唷！

排列在最下面一排中間的0代表假名わをん。

特殊符號和舊假名的特殊輸入方法

1. **輸入特殊數式符號，如「＜＞∪≧∇∞±∀」：**
   輸入「すうがく」後即可於候補清單中選擇自己需要的符號。

2. **輸入特殊記號，如「〒＜〆≧〒など」：**
   輸入「きごう」後即可於候補清單中選擇自己需要的符號。

3. **輸入舊假名，如「ゐゑヸヹヴ」：**
   輸入「きゅうかな」後即可於候補清單中選擇自己

需要的符號。平常不會用到，但在查日本餐廳時就非常重要，是很常用得上的技巧！

4. **輸入框線，如「┬ ┼ ┬ ├ ┐ ┴」：**
輸入「けいせん」，不過這個很少用到，我自己目前使用次數是 0 次。

中文搭日文 = 沒有搜不到！
最強 Google 訣竅！

活用四個輔助搜尋關鍵字，日文單字搜尋一把罩

看到日文漢字，卻不知道讀音和意思？想知道某個詞的日文怎麼說，但是一點頭緒也沒有？中文翻譯完全相同的兩個日文詞，究竟有什麼差異，使用上又該注意什麼？

以上幾個問題，是學日文時最容易遇上的單字問題。有問題，找 Google。不過，Google 時如果只輸入想要查詢的單字，往往不能查到最好的解釋。

如果人在臺灣，使用臺灣的搜尋引擎，那麼跳出來的通常是臺灣的網頁，情況好時會給你該日文單字的中文解釋，情況比較麻煩的是，搜尋的單字根本中文也有，Google 就只會從中文辭典中找答案給你，讓人查了半天還是學不好。

所以要確保找到的是真正的日文解釋，要善用在搜尋的單字

後面輸入一個空格，然後輸入「読み方（よみかた）」、「意味」、「日本語」、「違い／類語／使い方」這四個輔助搜尋用的關鍵字，就能簡單地讓 Google 朝日文網頁的方向搜尋，並且給出更符合需求的搜尋結果。

看到日文漢字，卻不知道讀音和意思？ 搜尋關鍵字「読み方」的實際應用

應用情境一 用注音打中文輸入漢字＋「読み方（よみかた）」

例如：看到一段文章中有句「今は都合がわるいので、『改めて』電話します。」不知道「改めて」怎麼念，就混用中文跟日文輸入法，在 Google 輸入「改（ㄍㄞˇ）めて」，再加上「読み方（よみかた）」，也就是「改めて読み方」，就會找到正確的答案。

應用情境二 用其他日文讀音輸入不知道怎麼念的日文字＋「読み方（よみかた）」

例如：書中出現「上着」，但中文寫上「著」的話，無法輸入日文漢字的「着」，這時候就要用已經學過的「着る」搭配，「上（ㄕㄤˋ）着る（きる）」後再刪除「る」，

Google 改めて 読み

全部　圖片　影片　新聞　地圖　更多　　　設定　工具

約有 38,100,000 項結果 (搜尋時間：0.33 秒)

あらためて
【改めて】
《副》

1. のちほど、さらに、別の機会に。正式の機会に。 「―ご返事します」

2. あらたに。今さらのように。 「この際、一問題を提起する」

將「改めて」翻譯成以下語言： 中文（繁體）

1. 再一次

小技巧

http://bit.ly/2O8DVgD

最後加上「読み方（よみかた）」，就可以得到答案啦！

應用情境三
用拼部首的方式，把不會念的日文字分成幾個部分輸入＋「読み方（よみたか）」

日文漢字畢竟來自中文，因此也跟中文一樣有部首的概念。搜尋的時候也可以利用這種技巧，將部首拆開來輸入，或甚至是拆開好幾個不同的部分，重點就是掌握「用少少的已知漢字查詢廣大未知漢字」的技巧，那就沒有什麼查不到的了！

例如：「鰤」就是魚加上師組成，而在日文裡一般表達這種

情況的說法是「部首『に』○○」，也就是「魚に師」＝「鰤（ぶり）」。在講電話時也都會用這種方式確認到底是哪一個漢字。

說實話，這第三種情境，幾乎已經不太常遇到了。

唯有面對完全不認識的日文漢字，既不知道中文怎麼念，也不知道日文的其他念法，才會需要用到拆字的技巧，像是「栃」、「垰」、「桝」、「畠」、「簸」、「衙」……，一個也不會念對吧？

舉「垰」為例，從書上看到「垰」卻不知道怎麼念，也無法輸入，但發現它是可以拆解的字，因此只要用Google時就輸入「土上下 読み方」，就可以找到相關條目。如果想要找到相關度更高的結果，只要做二次搜尋，也就是從第一次搜尋到的搜尋結果中複製「垰」貼到搜尋框裡，並結合搜尋關鍵字搜尋「読み方」，就可以找到精準的答案囉！

以上這類只能靠拆字來找出讀音的字，多數早已遠遠超出了日檢1級考試的範疇，不會時常遇到。不過考試僅在一時，學習卻要終生不懈，因此還是把搜尋技巧學起來，讓自己有備無患吧。

未來的某一天，或許你會遇上即使靠拆字也解不了的超難日文漢字。既不會念，又拆不開，或是即便拆得了，但是拆開之後的部分，你還是不會念……這種超級難字，該怎麼辦？

最後的萬能妙招是你智慧型手機裡的「手寫」功能，

到輸入法設定裡直接開啟手寫，依樣畫葫蘆用手寫輸入就解決啦！這麼難搞的字，還是用手寫的比較快。

瞭解日文單字的意義，一定要看它在日文字典裡的解釋！搜尋關鍵字「意味」的實際應用

很多單字（尤其是漢字組成的日文詞彙）都可以用日文直接翻中文，不會找到無法對應的詞。甚至有些日文詞彙直接字面意思就等於中文的字面意思，連翻譯都不需要，因此中文使用者學日文，靠著漢字實力偷吃步，確實輕鬆。

不過夜路走多了總會碰到鬼，有些漢字看字面看了半天，還是需要查字典。而且遇到這種情況，通常只查日中字典、日英字典還不行，因為這些詞彙多半意義特殊，要看日文字典才能掌握真義。

「見守る」就是這樣的例外。上網搜尋「見守る」，中文解釋會看到「注視、監視」／「監護、照看」兩種說明，英文解釋則為「watch for」，但中英解釋其實都無法表達出真正的「見守る」意涵。

「見守る」其實是：

1. 目をはなさないで見る。間違いや事故がないようにと、気をつけて見る。「子供 の成長を‐・る」

2. じっと見つめる。注意深く見る。熟視する。「成り行きを‐・る」

（出自《三省堂　大辞林》）

共有兩種用法，兩種解釋的重點都放在「看」上。第一種解釋的意思是只用「看」的來守護某人。和我們所謂的監護以及英文的 watch after 中都帶有主動保護、插手干涉及協助的用法不同。

日本人的觀念是孩子夠大了，家長就不再凡事都要插嘴、插手，改採安安靜靜守護，默默給予支持的「見守る」姿態。即便有些小差錯，或孩子生活中難免有挫折，在出聲求救之前給予嘗試和挑戰的空間，自由發展探索，以成為能夠為自己負責任的個體。

如果沒有人提醒「見守る」通常不只代表「監護」，我們可能就學不到更完整的字義；單單看字典時，容易囫圇吞棗，似是而非，因此有具備專業知識的老師從旁指導，對學習來說也是無比重要。

所以為了避免這種情形，要養成搜尋日文字時使用「意味」這個關鍵字來輔助搜尋的習慣。

日文程度不太好的話，則可以先查中文的說明，心裡有個底了，再搜一次日文解釋。這樣一來閱讀不會太吃力，又能學到完整的用法唷！

想知道某個詞的日文怎麼說，但是一點頭緒也沒有？ 搜尋關鍵字「日本語」的實際應用

想像一下，今天有個日本人在閱讀中文文章時，遇上不知道怎麼翻譯的詞，例如「拮据」，他 Google 時會輸入「拮据 日文」還是「拮据 日本語」呢？

答案是後者。

「日文」這個詞彙並不存在於日文之中，它是個中文詞彙。依照前面的邏輯，你想找的是日本人對「拮据」這個中文詞的理解及日語中的對應用法，因此當然要輸入「日本語」來搜尋，才能找到語感更符合日文的用法。

搜尋結果會得到許多條目之外，Google 翻譯有時也會看似好心地給你日翻中的單字建議。那個翻譯經常出錯，還是不要盡信！要從各個條目進去讀解釋，才能學到正確的意思唷！

「拮据 日本語」搜尋結果

「拮据 日本語」搜尋結果中 Google 翻譯顯示「拮据＝ひずみ」，
但其實根本不是！ひずみ 是歪掉扁掉的意思？？

　　如果你已經加上「日本語」來搜尋，得到的卻還是中文網頁，可以搭配前面的「意味」，再次搜尋，就一定可以找到答案！比如「巴洛克」，日文怎麼說呢？輸入「巴洛克 日本語 意味」試看看吧！

 「巴洛克 日本語 意味」搜尋結果

掌握各種詞彙間微妙的語感差異！
搜尋關鍵字「違い／類語／使い方」的實際應用

　　前面的範例中，「拮据 日本語」的條目裡就可整理出「貧乏（びんぼう）」、「窮屈（きゅうくつ）」、「 手詰まり（てづまり）」、「不如意（ふにょい）」、「 金詰まり（きんづまり）」、「貧苦（ひんく）」、「 大 骨（おおぼね）」、「苦しげ（くるしげ）」、「 懐が寒い（ふところがさむい)/ 懐が寂しい（ふところがさびしい）」等九種，當然每種都有微妙的不同，值得深入了解。

　　有閒情逸致的時候，每個詞彙個別查詢它們的條目，可以詳細了解差異，並且透過各個條目裡的例句，學習如何使用這些同義詞，是理想情況下的最佳學習方式。不過總有時間不夠用，又想知道某些詞彙到底差別在哪裡的時候。

應用情境一

**日本人也經常搞不清楚差異，
容易混用的同類詞
──用「違い」搜尋**

　　只要搜尋時加上「違い」，就可以看到其他日本人寫給日本人的解釋。因為日本人自己也對這些詞抱有疑問，所以常會到日本 Yahoo! 的知

惠袋、教えて goo 等討論區上問網友，這剛好也是我們一探究竟的寶庫。

例如：搜尋「応援 支援 違い」，可以得知「応援（おうえん）」是「我精神與你同在」、「心情上支持你但沒有動手幫忙」，而「支援（しえん）」則是有主動伸手的「支持、幫助甚至援助」意義。

日本人自己也對此抱有疑問，因此網路上的討論會比較多，而且都是網友寫的觀點，綜合東西南北不同地區的看法，反而最貼近真實日常的解釋和真正日本人的語感。

應用情境二

日本人很清楚差異在哪，外國人卻不太分得出來的同類詞──用「類語」搜尋

💬 「応援 支援 類語」搜尋結果

用「類語」這個搜尋輔助詞來幫忙，有 99.9% 的機率會進入類語詞典的頁面。但因為不是每個常用的類語字典剛好都會比較你想知道的詞組，因此在詞組後面直接加上「類語」這個搜尋關鍵字，就可以幫你省下找到有記載這個條目的類語詞典的時間，而不用自己逐個查找比較。

💬 在 Weblio 類語字典與 goo 辞書搜尋「応援 支援 類語」

thesaurus.weblio.jp

dictionary.goo.ne.jp

進入類語詞典條目之後，類語通常已被分成數群，意義更相近的會被歸在同一類，並且寫明這一類的含義。

到這一步，大致上你就能分出兩個相近詞語的差異了。

如果是像這個例子，goo 辭書甚至還有超強表格幫你區分不同使用情境適用的是哪個詞彙！

如果前兩招都掛掉，搜尋結果不能盡如人意，那就表示你想搜尋的比較實在太偏門，只能用「使い方」試試看有沒有日本人也搞不清楚那個詞要怎麼用，或是逐個看字典裡的條目解釋，找出詞彙間的個別差異。不過以 N1 會遇上的單字而言，基本上不會出現這種情形！假如你閱讀的題材廣泛，真的遇上好奇的詞組，這種時候也沒有捷徑可循，只能耐心以對囉！

3·3 iPhone 內建免費字典，隨手查字超方便！

用內建字典查單字，是 iPhone 使用者一定要認識的超棒蘋果福利。和拷貝、貼上等所有基本指令一樣，查單字在 iPhone 上是「如呼吸般自然的基本功能」，因此能跨瀏覽器、跨 App 使用。

只要是用 iPhone/iPad 瀏覽到看不懂的日文字，都可以利用蘋果內建字典一鍵查找對應的解釋。學會這招，你也能免費使用動輒版權數千元的《大辞林》了！

開啟 iPhone 內建辭典真簡單

　　第一次使用時需要先基本設定。由「設定」進入，選擇「一般」，再選擇「辭典」選項，就可以從長長一串辭典清單中，選取各國的權威辭典。

　　日文翻日文有：《スーパー大辞林》，日文英文互譯有：《ウィズダム英和辞典 / ウィズダム和英辞典》。其他語言也很豐富，例如中文相關的辭典有：《五南國語活用辭典》、《譯典通英漢雙向字典》、《牛津英漢漢英辭典（簡體中文）》、《現代漢語規範辭典（簡體中文）》；英文相關的辭典有：《New Oxford American Dictionary（美式英文）》、《Oxford Dictionary of English（英式英文）》、《Apple 辭典》等。

　　勾選起來之後需要花點時間連上網路，讓 iPhone 完成自動下載，接著就可以免費使用了，而且不論是否手機有連上網路，都能隨時利用。

　　使用 iPhone 內建字典非常簡單，反白選取想查詢的單字，長按開啟選單（就是平常要拷貝反白區塊時的相同作法），按下「查詢」，就會出現你所有已下載辭典中該條目的搜尋結果。

　　透過內建字典查詢單字，流程比其他任何查字典方式都更流暢，因此可以省掉很多時間，可說是最無痛的學習法。要想短期

內實現大量閱讀，透過 iPhone 內建字典隨手查，絕對是必要之善，能讓你事半功倍唷！

iPhone 內建字典使用竅門

有時候會出現按下「查詢」，但顯示結果是「找不到內容」的情況。這時候有三種可能性：

第一，搜尋的詞彙不是「辭書形（辞書形）」，因此字典中無法找到匹配的結果。

例如，「吃」的日文辭書形是「食べる」，因此文章中顯示「食べます」而直接點下查詢時，結果就會顯示「找不到內容」，因為這時顯示的是「ます形」，字典中配對不到條目。即便去掉「ます」，只搜尋「食べ」往往也無法得到理想的結果。

比較好的解決方法是**只搜尋漢字的部分**，往往可以得到正確的答案；又或者在點下「查詢」後顯示「找不到內容」頁面下方，會有「搜尋網頁」的選項，直接連上網多半可以得到答案。如果還是不行，就需要改用前一節（中文搭日文 = 沒有搜不到！最強 Google 訣竅！）介紹的方式查詢。

第二，有可能是你切的斷句位置不正確，比如「メッセージカード」看起來是一個片假名單字，但其實卻是由「メッセージ」和「カード」兩個個別的片假名單字組成，因此分開搜尋就可以得到答案。

另一個情形是搜尋時誤將助詞「の」、「に」等當成

單字的一部分，也會影響搜尋結果，找不到條目，把助詞取消選取，重新嘗試，有時候就能解決找不到的問題。

 不知道怎麼斷句嗎？好用的斷詞小工具！

http://bit.ly/2x4fA4c

第三，那個詞彙太新潮，是日本年輕人剛發明出來的「網路語言（ネット用語）」/「年輕人語言（若者言葉）」，所以該條目不存在於字典中。

但事實上《スーパー大辞林》遠比想像中更新潮。比如「プチプラ（廉價貨）」、「スマホ（智慧型手機）」、「KY＝空気読めない（不會察言觀色／狀況外）」等等，都有收錄呢！放心地使用吧。

除了以上三種常見的情況，還有一種例外情況下會顯示「找不到內容」。每次 iPhone 更新軟體（尤其是年度 iOS 大升級後），要注意辭典設定是否跑掉了。如果突然發現怎麼連續好幾個字都查不到結果，建議點「找不到內容」頁面下方的「管理辭典」，或是重新依照初始設定的方式，確認字典的設定是否都還正常。

Android 用戶怎麼辦?

Android 用戶想用手機查單字的確沒有 iPhone 用戶查單字來得方便,不過並不是不能查,相較於豐富的 iPhone 內建字典,Android 用戶間也有個享負盛名的 App,名為 ColorDict。

大多數的 Android 字典都需要連線才能使用,而使用 ColorDict 的優點是只要先下載好字典檔(詞庫)到手機內存記憶體中,往後查單字時就無須上網,很方便呢!

3·4 iPhone Siri 朗讀
幫助閱讀速度快更快

視障及閱讀障礙等無法和常人一樣順利地閱讀文字的人,是怎麼「讀書」的呢?借助他人幫忙或使用電腦語音朗讀,那麼即便閱讀有困難,還是能理解網頁、文件內容。

語音朗讀讓閱讀更專注,讀書速度快三倍

學術界已證實,語音朗讀能幫助閱讀障礙者,提升閱讀正確率及閱讀理解率。而為了服務這類特殊需求,iPhone 早就內建了輔助視障者的語音朗讀功能,只要反白選取文字,就能用電腦語音朗讀選取的文本內容,速度和口音還

能自行設定，非常便利。

　　這**存在手機裡已久的語音朗讀功能**，卻像電梯按鍵旁的點字系統一樣，**一般的人幾乎從未接觸使用**。

　　仔細想想，其實外語學習者所遇到的困境跟閱讀障礙的典型問題很相似，兩者都困於難以拼出正確單字，無法快速朗讀文句，沒辦法專注地閱讀，或是無法理解閱讀的內容。問題既然如此相似，能幫助閱讀障礙者的語音朗讀，是否也能幫助外語學習呢？

　　沒錯。外語學習者也可以利用語音幫助自己閱讀——雖然很少有人知道要這麼做，可是這卻是非常有效的學習方法。

　　透過語音功能，閱讀文本時一邊用耳朵聽語音，視覺聽覺同步工作，閱讀日文文章的速度和理解的速度，就能大幅提升。

　　根據我的經驗，閱讀文本時**使用語音輔助**，一邊聽朗讀一邊看文本，**閱讀的速度可以比原先快上 3 倍左右。**當然這一定有個人差異，原本就擅長閱讀的人和一打開課本就想睡的人，兩者的基礎閱讀速度本就不同。但不論是哪一種，用語音輔助閱讀，都只會如虎添翼。

iPhone 語音朗讀設定

從「設定」進入，選擇「一般」，再選擇「輔助使用」，會看到「語音」的項目，點擊後開啟「朗讀所選範圍」，就完成啟用語音朗讀的步驟。

「語音」頁面中還可以設定個人化的朗讀表現，比如「聲音」項目中可以選擇不同的語音角色（語音資料庫），比如英文有澳洲腔、英國腔、美國腔等；中文有臺灣腔、中國腔、粵語等，而且可以選擇朗讀聲音的性別。

日語語音角色目前有四個選項：Kyoko、Otoya、Siri女性、Siri男性。全部下載後試聽看看，然後選擇自己喜歡的聲音，並且設定自己能夠聽得清楚的朗讀速度就可以了。不過如果沒有特定偏好的話，因為Siri的聲音（不分男女性）比其他的角色發音和語調更自然，所以推薦選擇Siri比較好。

你可以為不同的語言個別設定語言角色，以及朗讀速度。如果你同時學習英文、日文，不妨也下載英文的語音朗讀，像我喜歡讀英國文學（例如《傲慢與偏見》）時用英文腔的Siri（女性），讀美國文學（例如《長腿叔叔》）時用美國腔，你也可以試試看兩者的差異。

當然啦，Android系統以及電腦也有類似的設計或APP可以應用，研究一下你的手機或電腦，就可以找出怎麼設定。

不管使用的是什麼工具，只要好好利用手機內原本為

視障者們設計的閱讀輔助工具「語音朗讀」，你的語言學習就能事半功倍囉！

語音朗讀額外優點 & 盲點

另一個推薦你運用語音朗讀讀書的原因是，不用再為不知道讀音的漢字，在閱讀途中停下來查字典。雖然我們已經認識了 iPhone 內建字典，現在查單字一點也不麻煩，但可以的話還是想要更有效率的作法，是吧？如果你認同這個想法，那麼恭喜你，你有非常正確的觀念。

掌握學習效率就是掌握學習樂趣，因為有效率才會有成就感，有成就感才會有樂趣，有樂趣才能持之以恆，所以運用更有效率的學習方式，才能確保學得快又好。

不論日文網頁或郵件，當然也可以是小說、甚至臉書貼文，裡面或多或少都會有一些不認識的漢字單字，或許看字面你大概知道意思，但猜不出讀音，為這種小問題逐一查字典非常沒效率，語音朗讀就可以同步解決問題的話，何樂而不為。

日檢 1 級裡有幾題漢字讀音的選擇題，要用背單字的方式把漢字讀音都記起來，需要浪費很多無謂的時間。但是透過日常閱讀時逐步累積，其實大多數的漢字你都能自然而然地記住讀音。就算第一次沒記住也沒關係，如果是常用的單字，必定會經常出現，習慣成自然，總有會記住的時候，不需要感到有壓力。

不過就和中文的破音字一樣，日文漢字也有多種讀音的問題，**語音朗讀有發音錯誤的風險**，因為語音朗讀**還沒有聰明到能**

夠自動從前後文選出正確的發音。另外人名、地名等特殊名詞，往往語音系統也不知道怎麼發音，所以靠語音朗讀學習讀音，並不是 100% 正確，這一點請務必銘記在心。

如果有和你印象中不同的讀音，就要特別注意。查字典確認那個單字是否在表達不同意義時會有不同的讀音，以及在你閱讀的文脈中，是使用了哪種用法，也是你必須做的功課哦！

3.5 東大的「鈴木君」 特訓日語口說抑揚頓挫

OJAD 的 スズキクン（鈴木君）

www.gavo.t.u-tokyo.ac.jp/ojad/phrasing/index

不出國也有辦法講出一口流利又標準的日語嗎？不請日本人家教老師，也能跟怪腔怪調說再見嗎？不用請家教，鈴木君免費陪你練到飽！

假如你剛學日語沒多久，還在要順順地念完文章都略有困難的階段，那麼即便自己不覺得，你的日文腔調肯定是「台」得不得了；假如你已經發覺自己的日語腔調不像日本人，表示你的日語聽力已經開始初具水準——因為至少可以聽得出自己日語不標準！可是不論你是哪一個類

別，肯定希望自己的口說能力可以精益求精，這時候就要請出東京大學的 OJAD 的スズキクン（鈴木君）啦！

スズキクン

💬 **鈴木君網頁在這裡！**

韻律読み上げチュータ スズキクン

フレーズ句切りが行なわれた文に対して，アクセント変形を考慮した上で文としてのピッチパターンを表示します。「、，．。？！?!:」「/」及び改行がフレーズの句切りとなります。これはユーザが指定します。また「．。？！?!」と改行が文の句切りとなります。文の句切れは必ずフレーズの句切れとなります。疑問文にも対応しています。OJAD教科書版と異なり，形態素解析，アクセント句境界推定，アクセント核推定などの技術を用いているため，精度は100%ではありませんが，日本語の学習にお役立て下さい。

読み上げ機能の詳細はこちら及び，下記の注意事項をご覧下さい。
なおこの機能は，KDDI 研究所の研究成果を用いています。

ピッチパターン	アクセントを考慮したカーブ(上級者用) ▼
テキスト上のアクセント	上級者用 ▼
アクセントマーク	核とHを表示 ▼
アクセント句境界推定	機械学習による句境界推定 ▼
読み・アクセント推定	推定を行なう ▼
フレーズ成分の表示	非表示 ▼
ピッチパターン表示用パラメータ	非表示 ▼
原文の表示	表示 ▼
JEITAラベルの表示	非表示 ▼
	実行

東大的鈴木君

テキスト読み上げに関する注意事項

読み上げ機能は，「ピッチパターン」及び「テキスト上のアクセント」が「上級＆上級」，あるいは，すが，初級＆初級で表示される音声は上級＆上級での音声です。初級＆初級での韻律パター

www.gavo.t.u-tokyo.ac.jp/ojad/
phrasing/index

針對外國人學習日語時難以模仿道地日語腔調的困擾，東京大學工學系研究科峯松研究室及情報理工學系研究科廣瀨研究室，開發了可以讓使用者輸入文章，就能自動生成日本人腔調語音檔案的朗讀機器人鈴木君。

只要輸入想要練習的日文文章或短句，鈴木君就會用日本人的標準腔調朗讀文句。活用範圍包含最簡單的課文朗讀，到平常讀小說或網頁資料時，作為語音輔助工具；甚至是以日文自我介紹或是上台簡報前，用鈴木君練習演講稿，都是很好的活用方式！

當然，最簡單也最推薦的使用方式，還是把鈴木君加入手機的書籤，把它當作免費日文家教，養成習慣，看到日文句子或短文，就輸入到鈴木君，隨時問它「這句怎麼說？」然後模仿、複誦。

使用設定方式

初次使用鈴木君輔助聲韻學習，會遇上它有九個設定選項可以選，反而覺得頭昏腦脹的問題。

其實一點都不用頭昏腦脹！剛開始不要管任何選項，先隨便複製一段日文貼上去，聽聽看，如果你不覺得怪，那就先照最開始鈴木君的初始設定練習即可。

鈴木君預設的模式是最簡單的模式，省略了很多聲韻的細節，但是適合被過多資訊衝擊反而會大腦當機的初學者。

等到練習兩三個月，就可以把聲調模式、文本聲調選成「高階學習者用」；聲調標記選「顯示核與 H」；読み・アクセント推定選「推定を行なう」；差異最大的是アクセント句境界推定，選「文節境界を利用」跟「機械学習による句境界推定」都可以，選前者生成的聲韻曲線會比較正確，選後者的聲音檔聽起來比較自然，各有千秋。

貼上日文文章後，將設定也設定好，按下執行並等一會兒，鈴木君就會生成一份聲韻曲線檔案。關鍵的聲音檔則要按聲韻曲線檔案右上角的「作成」並且再等一下才會產生。想要播放聲音檔則要按「再生」。檔案也可以按「保存」下載到自己的電腦裡，或是裝進手機隨身帶著練習。

一開始，你可能會覺得預設的語速過快，聲韻曲線檔案右上角有話者和語速可以調整，選 Slow 的模式或許並不會讓你真的覺得夠慢，但是相信你自己辦得到，一句一句練習，我保證很快就會進步的！

鈴木君和 Siri、Google 語音不一樣

雖然現在 Siri、Google 翻譯等語音輔助系統也都能朗讀網頁文章，但截至目前都還只有非常粗淺的朗讀功能，雖然依照字典的標準讀音發音，照理說是沒有錯誤的，但單字串連成語句後，連貫起來的聲韻很不自然。鈴木君跟這類重視辨識度大於自然聲韻曲線的系統完全不同，是專門設計來幫助使用者獲得標準日語口音的工具。

採用東京大學的研究成果，鈴木君背後的系統依照**日本人自然聲韻曲線**，透過**人工智慧演算出正確語調**，再由**真人聲優的語音庫**中生出語音檔案，因此完全可以當作口說家教來利用。

日文網頁
自動顯示漢字讀音

 一鍵完成全頁標記：「平假名眼鏡」網站

對經常看到漢字看得懂卻不知讀音怎麼念的人而言，除了前一節介紹的語音朗讀，「平假名眼鏡（ひらがなメガネ）」可以自動為網頁標記假名的功能，也是很好用的工具。

只要在平假名眼鏡網站內輸入目的地網址，就能自動為網頁內容標上假名！

www.hiragana.jp

平假名眼鏡是為了學習日文的外國人而製作的免費網站，歷史悠久，頁面上有各種語言選項，如果你才剛學日文，可以在右上角選Chinese 轉換顯示語言。（不過當然建議你，如果能夠看日文網頁就用日文，進步會更快喔！）

使用方式非常簡單，將想要閱讀的日文網站複製貼上到「平假名透視眼鏡」網站的輸入欄位裡，所有原本不知道確切讀音的漢字，平假名眼鏡都會自動為你配上讀音！

當然，跟語音朗讀的天生缺陷一樣，平假名眼鏡是電腦自動生成讀音，遇到有多種讀音的漢字時，會有顯示錯誤讀音的疑慮。不過大致上水準尚可，至於那些錯誤的部分，我是認為不太要緊，如果真的因此記憶到不正確的讀音，其實無傷大雅，頂多就是以後使用時，被日本人提醒一下，到時再修正回來就好。

平假名資源來自 20 萬筆的字典內容，每日平均流量有三千人左右，非常受歡迎。不過平假名眼鏡有些缺點。

第一，手機版網頁使用時較容易故障，建議在電腦上使用，比較不會出問題。

第二，翻譯完的網頁看起來像小孩子看的注音故事書一樣，滿滿的平假名，談不上賞心悅目——尤其對程度較好的人而言，大多數讀音都是已知的，每個漢字上都標出假名，反而不易閱讀。有這個困擾的話，改用接下來介紹的「理解君」，就能解決問題。

游標所及之處逐字標記：Chrome 外掛「理解君」

使用 Chrome 瀏覽器下載理解君外掛，然後每次開日本網站時都用 Chrome，如此一來只要移動滑鼠到字詞上方，理解君就可以自動幫你查辭典找到正確讀音，是日文閱讀自學的好幫手。

理解君提供的其實是自動查字典功能，因此不只能顯示讀音，還能查到解釋。但它的翻譯都是英文的，所以英文不好的話，可能會看不懂。

總之看得懂解釋可以權做參考，看不懂就忽略也無妨，反正理解君當作讀音小老師使用，也很不錯。

只要你是用 Chrome 瀏覽器，理解君就能幫大忙

Chrome 外掛「理解君」

http://bit.ly/2Nz166N

3·7 用表格比較類語的 Weblio 字典

　　學日文的路上你會不斷遇到需要書寫、會話的機會，每次練習表達都是日語進步的好機會，因為我們只有在運用語言時，才能找到自己的弱點和盲點，並且得以針對這些部分下功夫改進。

　　運用語言表達想法的基本原則就是代換同義詞，這對字彙量不大的初學者來說，往往非常困難。

　　豐富的語彙可以增加文章的深度，並且讓想傳達的主旨更立體、明確。反過來說，寫文章或訊息時，若在同一個段落內重複使用相同的單字，則會讓表達內容看起來非常乏味。可是代換同義詞意味著知道許多同義詞，而初學者根本不可能有這些知識，自然無法應付這種需求。

用表格比較類語的 Weblio 字典

thesaurus.weblio.jp

寫文章或訊息時，可以多運用 Weblio 的類語辭典，它用表格的方式將同類詞整理歸納，因此能夠一目了然地挑出適合替代的詞，應用在自己的文章中。

當然同義詞常有微妙不同的暗示意義，如何選擇同義詞又是另一門課題。不過在日檢 1 級的範疇內，這個問題並不存在，正式考試不會考這種枝微末節的內容，大可放心。

快速給你更多例句 「Reverso Context」

3·8

有些詞彙查字典還是不懂怎麼應用，這時候就要多找點例句來參考。Reverso Context 雖然有多種功能，但很明顯還在發展階段，因此現階段我推薦將它當成查找例句的工具。只要把你需要查詢的單字丟進搜尋框，它會自動為你從網路上找到相關例句。

另外，雖然 Reverso Context 提供例句時會附英文翻譯解釋，但並不需要勉強自己看懂，畢竟現在是學日文，不需要刻意用第三種語言來學習日語，看的例句夠多自然會養成語感。而且日文和英文的語言邏輯差異甚大，如果你英文也不是很好，只會徒增把自己弄得頭昏腦脹，灰心喪志的風險。

Reverso Context 和 Google 查找例句的差異是它的介面

簡潔，是專為查找例句設計。使用者體驗需要自己感受，所以找幾個自己不擅長的日語單字，實際試用看看就知道囉！

有些詞彙查字典還是不懂怎麼應用，
這時候就要多找點例句來參考

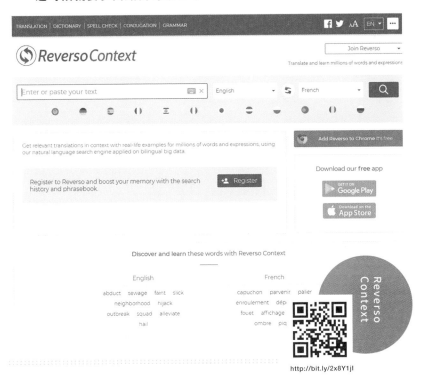

http://bit.ly/2x8Y1jl

靠這些就夠了！

15 個線上練日文必備 免費資源

4·1 JP Marumaru
適合初學者的自學大補帖

　　JP Marumaru 上的教材和測驗題偏簡單，但因為提供了和傳統日語學習資源網不同的複合式功能，包含：

▌聽

　　以語音朗讀日文單字 / 句子 / 文章，且可自由選擇發音角色。

www.jpmarumaru.com/tw/
index

說

有特別的口說測驗題,用說的方式回答測驗題,可以訓練發音並練習思考後用日語回答問題,而不只是單純的複誦句子和單字。

寫

使用者可以利用滑鼠、手寫板手寫下假名、漢字以完成手寫測驗,對記憶字型很有幫助。

測驗

有各種測驗功能,從數字到五段動詞等,可以檢視學習成果,找出自己的不足之處。

▌唱歌

中日並列且能逐句重播的播放器，可以透過唱歌學日語。

如果你剛開始學習日文，連五十音都還不熟悉，JP Marumaru 能幫助你從認識平假名開始，裝備自己的基本能力；如果你學日文已經一陣子了，但聽力時經常漏掉關鍵資訊（比如數字容易聽不出來），或是想要透過唱歌學日文，JP Marumaru 也很適合你。

JP Marumaru 的功能很多，你或許不會每個都用得上，但一定有某些功能是你需要的。

認識五十音與進階練習

五十音是考日文檢定的基本，五十音不會的話連報名都可以省了，因為連選項都看不懂，根本不用去考試。

五十音有基本的歷史淵源和用法，並且分為清音、撥音、濁音、半濁音及拗音、促音，看起來名詞分了很多類，但一點也不複雜。JP Marumaru 已經將基本該知道的內容都整理好了，讀過一兩次，有個印象，不須死記，往後遇到的時候大致知道是什麼概念就可以了。

當然你也會需要記憶五十音，我認為**手寫認識五十音是最簡單的記憶方式**，因為只是看字卡背誦而不動手，大腦就沒有思考的過程，記憶效果自然不會好。

手寫時要注意筆順正不正確，可以運用「假名筆順」的小功能，每個假名都有像小學生生字簿那樣的筆畫拆解及動畫可以參考，一旁的手寫板空間則可以幫助你確認筆畫順序是否正確，算是目前網路上免費資源之中，專為練習五十音而設計的教材中非常好的素材。

www.jpmarumaru.com/tw/
teachLetterTable.asp

www.jpmarumaru.com/tw/
teachLetterWrite.asp

上面兩個對你來說都已經太簡單了的話，下一步你可以練習「假名輸入（看假名寫出正確讀音）」，以及「假名聽力（聽聲音後手寫出正確假名）」。這兩個練習你應該做到能有 100% 正確率，就能確保正式考試時面對 N1 考卷裡的字彙讀音題，你再也不會有把やゆよ、はほ、ンツソシ、ねぬれむ、まも等相似假名搞混的問題。

www.jpmarumaru.com/tw/
exeKanaInput.asp

www.jpmarumaru.com/tw/
exeKana.asp

練習假名輸入時，你可以選擇開啟語音或關閉語音，但當然，選擇關閉語音練習起來才有難度，也才能測試你是否真的記住每一個五十音。假名聽力練習適合獨學者練習，推薦用智慧型手機手寫，比用滑鼠或手寫板更容易寫。

以上四個小練習可以幫助你完全準備好五十音。如果你的五十音基礎真的不到位，趁剛開始準備檢定的頭一兩個月，多閱讀並且運用這四個小練習反覆加強，就能徹底解決忘記五十音這個惱人的小問題。

強化聽取關鍵字能力！實用聽力練習

日本語聽力是以臺灣人廣泛使用的日語教材《大家的日本語》的單字為範圍，測驗使用者是否都能聽得出單字的練習。

你可以設定出題範圍，選取單課或是選取初級／進階等不同難度。自學的人可以直接選大範圍，如果在學校或補習班使用的剛好是《大家的日本語》，可以依照課程進度選擇單課來練習。

「答題方式」選「選項」時會有相似的假名選項，測試你的細心程度；真正測試你究竟記不記得某個單字讀音的是「日文輸入」，用前面介紹的日文輸入法規則，輸入正確的讀音練習吧！

有些人在遇到日檢1級聽力題裡面的時間、金錢等數字關鍵字時，總會聽不出正確數字，或是聽過即忘。經常

練習「數字聽力」，
可以針對這個問題
加以解決。

日本語聽力練習

www.jpmarumaru.com/tw/
exeLesson.asp

LINK!

數字聽力練習

www.jpmarumaru.com/tw/
exeNumber.asp

量詞聽力練習（和語數字）

www.jpmarumaru.com/tw/
exeQuantity.asp

星期聽力練習

www.jpmarumaru.com/tw/
exeWeek.asp

JP Marumaru 上稱為量詞練習的，其實是測驗和語數字用法的練習，和前面的數字聽力一樣都能給考生很大的幫助。日語中數字讀音有兩個系統，近似漢語讀音的「いち、に、さん」與和語讀音的「ひふみ」，後者對中華圈的學生而言困難許多，因此更需要加強。量詞發音練習剛好對症下藥，多練習兩三次，自然而然就熟練了。

日文的星期不是一二三四五六日排序，而是月火水木金土日排序，有些人背了表格，以為自己熟練了，但當星期幾出現在聽力題裡時，卻聽不出來。用星期聽力練習加強這一個弱點，立刻確保相關題目再也不會失分，投資報酬率超高。

以上這段落的聽力練習和下一段的口說及發音練習屬於互補練習，練習內容都是相同的，但分別用輸入的（聽）方式反應和輸出的（說）方式反應，可以避免越學越無聊，逐漸麻痺，以確保學習達到最好的成效。

💬 口說 & 發音練習

開始前要提醒你，語音辨識只能辨認大概的對錯，濁音、半濁音和重音無法分辨，所以如果某個單字沒有自信，即便測驗沒有說答錯，還是要看一下答案，避免將錯就錯。還有這個功能僅限於 Chrome 使用，而且你必須準備麥克風來收音！

發音練習共有四個類別，「日本語發音（單字練習）」、「數

字發音」、「星期發音」、「量詞發音（和語數字）」。

　　日本語發音一樣是以《大家的日本語》的單字為範圍。「題目顯示」選項建議選擇漢字，才能考出自己的實力，選擇假名或漢字標註假名，其實就只是在考驗自己假名發音熟不熟練而已，實質意義不大。

日本語發音練習

https://www.jpmarumaru.com/tw/
exeLessonSpeak.asp

LINK!

www.jpmarumaru.com/tw/
exeNumberSpeak.asp

www.jpmarumaru.com/tw/
exeQuantitySpeak.asp

www.jpmarumaru.com/tw/
exeWeekSpeak.asp

用這個日本語發音練習可以快速找出自己有哪些字不會念，而且用說的回答和寫選擇題或打字回答不一樣，完全靠自己想出答案，但又不需要打字，真的很不錯。

數字發音顧名思義是練習說數字的。出題範圍選擇「個位數～萬位數」比較有挑戰性，依照出題的內容（會顯示數字），用日語念出數字即可，系統會自己判斷答對與否。

量詞發音練習是針對和語數字用法，練習方式和數字發音練習相同，就不再贅述。

最後一個是星期發音練習。如果選擇題目顯示日文的話，是非常簡單的測驗，因為看到什麼直接唸出來而已。真正的難關是題目顯示中文，立刻念出對應的日文。當你練習到看見中文可以立刻說出正確的日文，以後即便面對的是日本人，說到跟星期有關的話題時，也不用慢慢數手指頭了。

唱歌學日語

LINK!
唱歌學日語
歌曲清單
www.jpmarumaru.com/tw/JPSongList.asp

靠唱歌學語言一直是擅長多國語言的人喜愛的學習方法，但要一邊聽歌一邊看歌詞，並不是那麼便利，JP Marumaru可以幫上你的忙。

其實 JP Marumaru 並不擁有任何歌曲的版權，歌曲都來自內嵌 YouTube 等外部影音網站的第三方訊源，JP

Marumaru 提供的是設計良好的歌詞播放器，不但每首歌的中日文歌詞都能並列顯示或關掉某種語言，還能隨時點選「這句重複」針對某句單獨練習，是唱歌學日語的好工具。

唱歌學日語的頁面裡，有分網友上傳及站長上傳兩個類型。雖然大部分的歌曲都是 JP Marumaru 的站長確認過中、日歌詞無誤，才放行的歌曲，但畢竟是作為學習的素材，我們當然不希望中日歌詞中有錯誤，選擇站長上傳的還是更安心一些。

我特別推薦福山雅治和米津玄師兩人的歌曲，尤其福山雅治的歌曲描寫的情感相當深刻，又總是融情於景，曲調也好聽，因此他的歌在日本受到跨世代各族群喜愛。練習這樣的國民歌曲不但有益日語學習，有朝一日真的遇到日本朋友，要一起去唱卡拉OK 時，也不會有不知道點什麼歌，或是點出來的歌曲太冷門、太宅的問題了。

4.2 NHK 簡明日語課程

日本的公共電視台 NHK 的「簡明日語」系列是一個完整的初級日語課程！

完整的課程總共有 48 課，學生跟著前往日本留學的學生安娜一起體驗日本，並且透過簡單的對話學習日文。

網頁底下語法要點和導師點津也是必看的單元，通過
這些單元，可以掌握最基本的日文文法，以後不管學什麼
都更得心應手。

NHK 簡明日語課程

https://apple.co/
2CTaUEG

www.nhk.or.jp/lesson/
chinese/

www.nhk.or.jp/lesson/
chinese/download/

第
4
章

靠
這
些
就
夠
了
！
15
個
線
上
練
日
文
必
備
免
費
資
源

每堂課程只有一句關鍵語句，大約只需要花 15 分鐘學習，課程的語音講解檔案、PDF 課程解說檔案等教材，可以在每課的網頁下方自由下載。如果想要一次印出，NHK 也準備好下載頁面，只要按幾個鈕就能一口氣完成所有下載，再慢慢逐課學習。

乍看內容不多，學起來也真的沒壓力，但是把每一課裡面四到五句的簡短對話一起算上的話，其實**累積下來也有兩百多句，基本會話句型就都能熟練了**，大大縮短了入門日語所需的初期時間和成本。

4.3 「Erin 的挑戰」初級日語數位課程（WEB 版）

體驗日本高中原汁原味生活

Erin 的挑戰是專門為外國人創立的數位課程。共有二十五堂課，以外國學生 Erin 轉學進入日本高中為契機，隨著 Erin 的生活一步步將基礎日文學會，同時讓外國人認識日本社會的各項常識。

首頁點進去會看到兩種不同的教材分類方式：逐課學習以及依照學習重點學習。

逐課學習裡整理了當次的課文、情境影片、文法用法、小測驗以及額外補充教材。逐步學習的成效比較好，但是較花時間。

如果沒有辦法花太多時間在這個數位課程上，就利用學習重點的分類吧！

比如從「大切な表現（重要的句型）」進去，看自己有哪些句型還不會的，就可以針對它來學習。也可以把「大切な表現」頁面當作目錄，看到想學的內容，再找到對應的課程，完整地學習。

而坊間的日文課本常用會話的方式呈現每課課文──Erin 的挑戰則是每堂課的課文都**有情境影片可以看**，不但**附有日文字幕、平假名標注的字幕**，甚至還有英文字幕可以參考。

當然，如果沒時間看情境影片，點選「スクリプト（台詞）」頁面，就能看到全部的課文，比較省時間，但是就沒有語音輔助，學習效果當然也會打折。

 Erin 的挑戰

www.erin.ne.jp

在情境影片中勾選「セリフごと再生」選項，人物的對話都可以逐句播送，不管是要重聽同一句，或是搭配影片下面的字幕練習跟讀，還是做筆記抄下生字、例句，都很方便！

每一課都包含很豐富的應用教材，還能用課後自我測驗，檢視學習成效。如果能完整走完 Erin 的挑戰數位課程內容，估計學習成效跟上完一年的日文補習班應該不相上下，甚至還更好呢！是很值得的投資喔！

4·4　YouTube 頻道學日語

無庸置疑，YouTube 是世界上最大的影音平台；理所當然，要找免費的日文學習素材就要上 YouTube。

YouTube 有三種資源可供想要準備日檢 N1 的同學利用，分別是：以中文教日文的節目、以日語教日文的節目，以及日本人YouTuber 用日語錄製的形形色色的 Vlog。

傳統的中文線上日語課程

以中文教日文的節目適合剛起步，還沒考過 N2 的人多加利用，比如華視頻道上空中大學的日文課、各種大學與高中職錄製的線上教材，雖

LINK!

正經八百
日文課系列

http://bit.ly/2MkYTXG

然課程實在正經八百到有點煩悶，但以短時間內快速掌握日文的基本觀念來說，用跟追劇一樣的精神，一集接一集連著看，則大約花一個週末就能看完一個系列，那麼後續要用其他教材自我訓練時，也就少了很多阻礙。非常適合願意先苦後甘的人。

這類的課程選項非常多，不過坦白說，我自己其實耐不住前面這種誦經式的影片。一來我有上過正規日文課，並不是完全零基礎，二來其他選項更適合我這種喜歡活潑熱鬧的性格，所以雖然明知道看這些影片必會有收穫，我還是沒有看完過任何系列。

建議你如果要嘗試這種「大悶片」，就幫自己選擇一個最有你眼緣的講師，然後耐心地跟著他學習。**如果半途而廢，也別太苛責自己，完全是人之常情啊！**

第
4
章

靠
這
些
就
夠
了
！
15
個
線
上
練
日
文
必
備
免
費
資
源

💬 日本人老師的日文課：日本語之森

不論你有沒有上完正經八百的日文課，當你覺得自己想換換口味，就可以朝全日語內容的影片邁進，畢竟用日語學日語是最快讓你熟悉這個新語言的方式。比起每堂課教的主題句型，光是浸淫在日文講師一句句日語說明中，你的日文就會以不可思議的速度突飛猛進。

「日本語之森」提供的節目類型十分豐富，例如Ekubo 日本語基礎、ちょっとあぶない日本語（有點危險的日語）等等，都屬於基本入門的節目。

日本語之森

www.youtube.com/user/free
japaneselessons3/featured

http://bit.ly/2CLlcoU

http://bit.ly/2NxN6dq

■ 想要有系統地上課，日本語之森裡也有唷！

　　JLPT N3 系列、JLPT N2 系列及 JLPT N1 系列，你可以由最簡單的 N3 開始看，把自己看得下去的影片都看一看，就可以達到很好的學習效果。

　　日本語之森是我目前最推薦的線上日文教學頻道，有超過 1000 支日文教學影片，裡面的講師都具有活潑的 YouTuber 特質，節目一點也不無聊，更不是單純搜集一些基本單字隨便錄製出來洗人氣的影片，而是有系統且會介紹日語的各個面向，簡直就是把**日本的語言學校免費搬到你家！**這麼好的資源居然免費提供公

眾閱覽，當然值得你好好把握！

3 Minutes JLPT 則是簡短的題目講解影片，如果你沒什麼耐心看日本語之森的整堂課，也可以考慮這個選項。

日本人 YouTuber 的日常生活

　　除了前面這類針對語言學習者設計的影片，日本人 YouTuber 也絕對是兼具娛樂和學習的好選項！「はじめしゃちょー（hajime）」、「HikakinTV」都是訂閱人數超過 600 萬的超人氣網紅，差不多是日本的聖結石！訂閱他們，除了學日文，還可以追蹤到日本年輕人的話題。

日本人 YouTuber 的日常生活

www.youtube.com/user/
kinoyuu0204/

LINK!

www.youtube.com/user/
0214mex

www.youtube.com/user/
HikakinTV

www.youtube.com/channel/
UCaminwG9MTO4sLYeC3s6udA

　　不過有一點要注意，他們的就像聖結石的節目一樣，有些用語並不適合日常生活使用！**語言是很看場合的，而在不對的場合用了不適合的語言，被定義成不禮貌的小屁孩也投訴無門**，因此看他們的節目訓練聽力、認識詞彙絕對沒問題，但是要作為你模仿、學習的模範嗎？我會建議你另尋典範。

　　大胃王 YouTuber 的「木下ゆうか」和灑大錢玩開箱的「ヒカル」就是語言比較有禮貌的類型。

　　如果你想要利用 YouTuber 影片學日語，練習跟讀以強化口說，務必依照你自己的性別，選擇同性的 YouTuber 當作跟讀練習的老師。

　　日語是個極度重視性別的語言。女性選用男性的用語，或是男性使用女性的語氣，都會對聽者而言產生很大的違和感，**為了避免自己的語言學到「歪掉」，一開始就要慎選標的，避免自己不知不覺間因為用語習慣錯誤，被定位成「娘娘腔」或「男人婆」。**

　　但當然，如果你是因為個人性別選擇的因素而刻意為之，則不在此限，雖然別人或許會覺得你不一樣，但你自己若會因此覺得更自在，那也是沒有關係的。

LINK!

キッズボンボンTV

神奇裴莉YouTube

www.youtube.com/channel/
UCFRbBdmVBHA7PeAuctRx1rQ

www.youtube.com/user/
JuliewuStudio/

YouTuber 的選擇真的太多了，就介紹到這邊，接下來再給你最後的推薦：「キッズボンボン TV」是個有點變種但我自己非常喜歡的頻道，它其實是設計給日本學齡前小朋友看的童謠與小故事頻道。

看這個頻道的節目可以學到許多日本童謠，還有日本的傳統故事。想要給孩子提早學習日語的爸爸媽媽們，我也非常推薦這個節目喔！小孩看這個節目會跟著唱唱跳跳，非常嗨啊！

當然也要訂閱我的頻道啦，會不定時和大家分享各式各樣的影片唷！

「好朋友 web」圖文並茂帶你參觀日本高校生生活！

漫畫《大連物語》

LINK!

《大連物語》線上漫畫

練習練得有點膩了，想要換換心情，可以利用大連物語，看看自己基本的日文能力，有哪些地方可以改進。

www.tjf.or.jp/haopengyou/jp/manga/index

《大連物語》講述日本女高中生到中國東北地區大連讀書的故事，網頁版的漫畫中，每個對話框都內建中、日文對話，一開始預設漫畫的對話框顯示會是中文，只要點選反轉鍵後，就會出現日文。

依照劇情想想這句台詞的原文日文會是怎麼說，再點反轉鍵，確認日文台詞的說法，就能知道自己的日語有哪些地方不自然。

接下來點語音按鈕，還可以聽到日語的語音。跟著練習口音，每次一句，很快就能上手，掌握對話的音調。（記得運用第2章教過的跟讀技巧！）

如果在對話框顯示中文時點語音，則會聽到中文語音，配音員似乎是少數中國人及多數日本人組成，日本人的中文口音，聽起來超……奇妙！讀書壓力大的時候剛好笑一笑，也是很不錯的！

除了台詞可以轉換、聽語音之外，漫畫中使用到的許多日語狀聲詞，也都以藍色驚嘆號標記，點選後可以看到詳細的解釋。綠色和橘色加號標記點下去後，則可以開啟介紹日語、日本文化的頁面，學習到更豐富的日語及知識！

動畫漫畫的日本語

動漫迷心中常有個幻想，覺得自己可以光靠看動畫漫畫就把日語學好。但次文化作品中的語言往往為了強調角色特性，是經過特別設計、不自然的語言。在無法分辨箇中差異的情況下，靠動漫學日語最後的成果很可能是「學歪了」。

別誤會，我是支持運用各種不同素材學習日語的，只要能提升接觸日語的頻率，就是好事，動漫當然也是好素材。只不過動漫不適合當作主力，而且也要想辦法弄懂不同身分、性別、年齡的人該說的日語，有什麼不同。

　　本節介紹的網站「アニメ・マンガの日本語（動畫漫畫的日本語）」正是解決這個問題的好幫手。網站內容分成「角色表達」、「各場景表達」、「用語智力競猜」、「漢字遊戲」四個類別。

　　其中角色表達設計讓學生學習不同身分的說話者，選用的語言措辭有什麼差異。比如點選大小姐角色（身分較高、教養好的年輕女性），就會出現相關的例句。

　　大小姐應當說話文雅有禮，因此範例中的問候語是「ごきげんよう」，這一句中文翻譯是「您貴安」，一聽就知道非常正式，這種上流社會生活問候語，若是平時使用，可是相當不自然！除了文字，還可以聽語音了解不同角色的語氣特徵。

💬 **動畫漫畫的日本語**

anime-manga.jp

此外，一如中文有「母親」、「家慈」、「娘」、「娘親」、「媽」、「老媽」等等不同的說法，日文稱呼媽媽也有「おふくろ」、「お母さん」、「お母様」、「ママ」等不同用法，什麼樣的人會說哪一種日語，透過這個網站都能學會。

初學者很難了解日語是多麼注重語氣和措辭的語言。**日本社會中，語言幾乎代表了身分，第一次見面的人單靠觀察對方的用詞跟語體，就能猜測這個人所處的生活環境與背景，語言用得得不得體，關係甚鉅。正式場合說得不恰當，有時比不開口還糟。**

建議你好好利用這個網站，在學過不同身分的日語有何差異之後，當你回頭去接觸看動畫漫畫中的日文，也會更了解作者想表達的角色性格。

《麻辣教師GTO》之中鬼塚英吉進入高中校園執教，但一進校園就處處惹人討厭，沒人看得起他是為什麼？如果你能聽出他台詞中流露的流氓氣質，就了解為什麼在道德受到嚴格要求的高中教師群體中，鬼塚英吉無可避免地被孤立。

日語細緻的語氣表現經過中文翻譯後往往失真，因此如果不學會日文，就無法體會這些形塑角色立體形象的台詞，有多麼微妙和迷人。可是一旦學會，重新看以前看過的動、漫畫作品，一定會發現新世界的。

「各場景表達」、「用語智力競猜」、「漢字遊戲」三個項目也很不錯，如果有時間不妨嘗試看看。

4·7 從多元題材認識日本和日語！用「ひろがる」擴展視野

　　有些人學日文是因為喜愛日本文化，有些人學日文是因為想去日本自助旅行；也有的人學日本只是為了加薪，或是得到更好的工作，對日本其實沒有特別偏好。但不論是為了什麼原因開始，學日文和認識日本文化及社會，是兩項分不開的課題。

　　想要在學日文的同時快速了解日本文化，「ひろがる」這網站就非常好用。共有十二項大主題——觀星、休閒活動、武道、茶道與咖啡文化、甜點、超市與傳統市場、書道、動畫漫畫、書與圖書館、寺廟與神社、音樂、水族世界，透過記事文章和影片的詳細介紹，一下就能了解這些專屬於日本的生活點滴。

 「ひろがる」擴展視野的日本記事

hirogaru-nihongo.jp

這個網站上的素材，和一般旅遊電視節目或文化介紹的新聞不同，文章部分都有語音可以逐句播放，以及大量照片，開啟網頁右上角的 RUBY 選項，還可以看到所有漢字的假名標注。每篇記事看完後可以做「クイズ」，測試自己是不是讀懂了，不懂的地方就再看一次，想辦法知道自己為什麼沒看懂就好。

影片部分也很貼心，有日文和英文雙字幕，語速也比普通的影片更慢，咬字更確實，可說是為了日語學習者方便學習，特別下了不少功夫呢！

語言是生活的濃縮，日語是日本人的思考方式、生活習慣、歷史背景與當代文化的綜合表現，因此不了解日本社會和日本特色，就沒辦法把日文學得爐火純青。相反地了解日本文化和社會後，學日文就不需要死背，反而因為理解前因後果，而能夠自然而然地接受並記下來。

Podcast 免費廣播節目，加強你的破聽力

聽廣播之必要性

聽力或許是最難跨越的難題，但只要持之以恆，回過神來會發現原本的高牆早被自己跨越，遠遠拋在腦後。

剛開始練習聽力時，聽廣播節目不會是最好的選擇，看電視節目等影音素材練習，有影像甚至字幕輔助，可以快速學習大量新單字和用法，聽力進步的速度會是最快的。但聽力進步到可以在看電視時聽懂大部分對話時，就應該要加入無影像純靠聽力的進階聽力素材，來提升學習的難度。

　　Podcast 就像是廣播版的 YouTube，有正式媒體集團上傳的節目，也有素人上傳的節目，可說是目前最容易取得日語廣播節目的管道。

　　所有廣播用單一 APP 管理，可以自動下載訂閱節目的更新，還能開啟睡眠模式自訂自動結束播放的時間，不論是認真地要聽一兩小時，還是運用等車搭車等零碎時間，或是睡前聽個一小段，都很適合。

　　剛開始聽廣播，可能會這麼想：「咦？我的聽力怎麼沒有想像中的好？考日檢果然還是沒希望⋯⋯」，別害怕，廣播比日檢的聽力題難多了！如果能聽懂 60% 廣播，日檢 1 級就已經沒問題了。

這些廣播節目很不錯！

LINK!

NHK WORLD 簡明日語

https://apple.co/2CTaUEG

　　針對第一次聽廣播的人，每句都聽得懂的節目，較不容易感到挫折，因此我會推薦先從 NHK WORLD 簡明日語節目開始聽起。（沒錯，就是 4-2 介紹過的 NHK 簡明日語課程！它有 Podcast 版本。）

　　這個節目用中文教你簡單的日語，是中規中矩的基礎課程，節目的節奏慢，內容難度不高，因此保證聽起來零壓力。尤其完全自學的人基礎知識比較薄弱，聽這個節目，彷彿有個家教老師領你進門，替你解釋許多使用日語時的小細節和文法、單字以外的日文小常識，還是很不錯的。

　　不過它的優點也是缺點，內容簡單表示能吸收到的新知有限，資訊濃度並不高，如果像我一樣是急性子，想要趕快學會很多東西，希望能聽到各式各樣有趣的題材，那麼這個節目對你來說或許無法「吃得飽」。

 NHK 線上新聞

https://apple.co/2N6qqBF　　　　www.nhk.or.jp/radionews/　　　　bilingualnews.libsyn.com

第
4
章

靠
這
些
就
夠
了
！
15
個
線
上
練
日
文
必
備
免
費
資
源

此外，節目內容中文部分是濃濃的中國腔，對話和說明都是照稿唸毫無感情，因此或許也會讓你聽不習慣。如果真的無法接受，反正節目選項有很多，不需要每個節目都聽。

廣播節目練聽力的原則是只挑自己喜歡的聽，然後經常聽，如此而已。如果想要收聽全日語的新聞集錦，訂閱 NHK 線上新聞就沒錯了。同樣是 NHK 出品的內容，音質當然是相當高品質，完全沒話說。

節目內容則是各個整點的新聞節目，有簡短的「朝 7 時」新聞早晨匯報，簡短明快；有「夜 10 時」當日完整新聞，內容包含各種訪問，情境較豐富，考驗聽力實力。每個節目長短不同，內容各有特色，自己比較過後選擇適合的節目吧！

NHK 也有提供專門網頁，即便不使用 Podcast，也推薦考前兩三週練習聽看看。並不需要在意聽得懂多少，只要習慣這種跟日檢聽力題相仿，聽來無感情甚至有點僵硬的日語，對考日檢就非常有益了。

日英雙語新聞則是同時學日語和英語的人的福音。以標準口音的日語和英語敘述同一個內容，日語聽不懂的部分可以用英語再確認一遍，即便沒有逐字稿，也能聽得懂究竟說的是什麼。

內容選材範圍廣泛，有時題材是像考托福時常遇到的學術主題，比如史丹佛大學的最新研究成果，或是人工冬眠技術、太陽風等等；有時又很生活化，比如婚姻和物慾，或是女性為何比較長壽等等。

建議聽的時候不要貪多，寧可單集節目至少回聽三、四次，把內容聽懂。不過因為語速較快，英語的難度也不低，算是較有挑戰性的節目，適合以留學或外商為目標的人。

當然以上的內容只是幫助你進入 Podcast 的世界，接下來如何探索、找到你自己喜歡的節目，則是你自己的功課。最後，我想再推薦一個我直到現在都還經常聽的節目：「野獸でも美女を捕まえる（野獸也能抓住美女）」。

這節目內容如其名，幫助陷入戀愛困局的男性弄清楚女性究竟在想什麼。簡單說就是個戀愛講座啦～和前面三個硬邦邦的主題相比，這種主題實在是生活化又好吸收。

LINK!

野獸也能抓住美女的戀愛講座

https://apple.co/2N1Qf5P

雖然我並沒有追不到女生的煩惱，但是站在女性的角度，這節目幫助我了解日本男性的各種戀愛困擾，而主持人 JURI 提出的解法有時連我身為女性都覺得「哦，這招有梗！」而能夠維持長期收聽，興趣不減呢。

野獸でも美女を捕まえる

Lang-8 寫日記
PK「HiNative」提問題！
還能交朋友！

Lang-8

LINK!

Lang-8
寫日記學外語

lang-8.com

　　Lang-8 是專為語言互惠學習設立的網站，從 2006 年至今，已有超過 75 萬用戶，用戶可以分享日記、提出疑問，並且可以運用 Lang-8 內的私訊系統，和個別用戶建立關係，將互動由 Lang-8 延伸到其他私人通訊軟體，進行進一步的互動。

　　對很多人來說，Lang-8 是心目中的第一名，因為它的運作方式和所有語言交換、學語言社群不同，多數語言社群主要功能為媒介認識，後面怎麼聊則各憑本事，Lang-8 則是以上傳文章（多數為日記），然後母語人士替你批改為核心運作。

　　每個人都可以自由地上傳文章，也可以替人批改。批改後會得到 L 點數（L-point），當你的 L 點數越高，就越有人幫你批改你的文章，是少數將教學貢獻和學習資源量化的網站。

　　因為有良好的貢獻值計算機制，想要自己的日記被別人批改，就會更用心花時間替其他人修改文章，形成社群內的良性循環。

在這制度下，即便不特別花心力找語言交換夥伴，你的文章也會被很多希望能夠賺點數的母語人士主動批改。這對於不善交友、哈拉，但是想好好學語言、訂正錯誤的人而言，應該是再好不過的制度了。

不過也因為 Lang-8 是以修改次數計算貢獻值並發放點數，而不是以修正的內容有多用心來計算點數，難免會遇上混水摸魚隨便批改，並不是修改得很詳細的人。看到自己的文章通篇只有兩三個錯誤，可能就是遇上這種情況，所以任何修改過後的文章，也不建議照單全收，多參考幾個回覆，再三確認過比較好。

另一種情況是改得很仔細的日本人，會把你原本沒有寫錯的部分改掉，但這不代表你錯，可能只是對方有其他想法。比如口語的している和してる其實是互通的用法，而してる是している的省略，但日本人有時會將い通通幫你加進去；或是語氣詞な、ね、の之間互換等等。對方幫你改掉的東西不見得是你「寫錯的」，有可能只是文法或遣詞用字上，對方有其他建議，改動後會使語感產生微妙差異，而對方透過改變文句內的細節，希望能夠將這些資訊傳達給你。

遇上這種改得很細心，連語氣都幫忙修改的情況，只能說相當幸運。因為連語氣都修改的人，肯定是對語言相當龜毛的人，因此他改過的一定比原本的更連貫自然，所以遇上這種情況，要好好珍惜，多念幾次，感覺對方改過之後的文章給你什麼感覺，尤其是通篇的文氣如何貫穿頭

尾，那才是好文章的精華所在。

　　論平台好用程度，Lang-8 實在是數一數二，上面的日本人數夠多也是絕對值得推薦的一個優點。不過自從 2017 年起，因為經營型態調整，Lang-8 暫停招收新會員，而究竟什麼時候會重新開放新會員，則還在未定之天。

HiNative

　　就在 Lang-8 暫停招收新會員，大家暫時無法註冊這個網站之際，同公司開發了一款功能類似的手機 APP「HiNative」。

　　HiNative 保留了源自 Lang-8 的基因，擁有設計良好的互動機制，讓使用者能在教師和學習者兩個身分兼顧的情況下，積極參與互動，做到教學互惠的良性循環，這一點確保了整個社群能活絡運作，因此也和 Lang-8 一樣，讓我們會願意在上面賺積分「養帳號」。

HiNative 解答外語疑難雜症

hinative.com/zh-TW

但 HiNative 和 Lang-8 畢竟本質不同，前者以智慧型手機為操作本體，後者以電腦為本體，使用的介面已經大不一樣；而且 HiNative 是一個「問答網」，以互相提問、回答並且交友作為主旨，不像 Lang-8 是以互相批改文章為主，因此也有不少 Lang-8 的老粉絲對 HiNative 不屑一顧。

不過 HiNative 其實並非泛泛之輩，它不能發文章的缺點，正好也是它的優點。

首先，以單個問題為主進行交流的設計，表示你再也不需要為了每一次學習都花上數十分鐘先寫一篇文章，再等好心的母語人士來批改。日常生活中的零碎時間，提出心裡疑惑已久的問題，或是任何簡單的問題，都是一次學習。

除非超級有恆心又無敵有空，否則使用 Lang-8 學習，大概一週能發出一篇像樣的文章，並且獲得反饋，再花時間吸收，就已經很吃緊了。HiNative 則輕鬆得多，隨手一發，語言學習和生活的每個瞬間融合，輕鬆學習沒負擔。

還有另一個值得一提的，就是介面設計優化。

Lang-8 的使用者介面和我在 2011 年剛使用時幾乎相同，而長期沒有改版之下，已經可以明顯感覺得出歲月的痕跡──和現在網頁技術進步後能夠靈活呈現的各種花俏功能不同，Lang-8 真的就只有最基本的內容，當然也談不上美觀。

HiNative 在這方面就優秀得多。純手機介面、重視機動性的設計，使它的即時互動性比 Lang-8 更強。如果你是

經常突然有某一句不知道怎麼說才好，希望能隨時問，就很適合 HiNative。因此 HiNative 雖然不像 Lang-8 有這麼完善的功能和龐大的死忠社群支持，也不失為接觸日語的一個新選擇。

沒有爛工具，只有笨腦袋，尤其如果你沒有 Lang-8 帳號，那在 Lang-8 重新開放新會員申請之前，你實在也沒有其他選擇不是嗎？ HiNative 擋著用啦！

語言交換的大平台：JCinfo

JCinfo 外語學習網

目的越簡單明確，越容易成功。功能很多很繁瑣的平台，有時不如只針對一個目的設立的平台來得好用。JCinfo 就是這樣簡單而好用的平台。

JCinfo 是很老牌的語言交換網站，就如網站名稱包含 Japanese 和 Chinese 兩字的縮寫，這個網站是專為中文、日語這兩種語言的學習者設計的平台，使用族群明確且範圍小，正好符合我們所需！

上 JCinfo 找語言交換跟其他任何平台不同，完全不需要申請帳號，它純粹是個布告欄性質的網站，因此不需經過身分驗證和填寫個人資料的繁瑣手續，就可以利用 JCinfo 的各項服務。

為免你像個菜鳥一樣，平白浪費很多時間，卻未必能找到合適的人跟你做語言交換。我來告訴你幾個簡單的小技巧吧！

首先，在上面發文徵求語言交換夥伴之前，你可以先瀏覽布告欄上的情報。情報分成學日文跟學中文兩種，如果看到日本人想學中文，而他所列的條件剛好和你相符，不要猶豫，你可以直接寄信給他。

💬 JCinfo 外語學習網，輕鬆找到語言交換夥伴

www.jcinfo.net/tw/

第
4
章

靠
這
些
就
夠
了
！
15
個
線
上
練
日
文
必
備
免
費
資
源

當然，逐個看情報、寄信去給對方還是比較花時間，所以你也可以直接發文，等待日本人寄信給你。但 JCinfo 上日本人和中國、臺灣人的比例並不平衡，還是有些僧多粥少的情況，所以我會推薦兩種都做。

發出公告，並主動寄信（大約要十封到二十封），這樣大約一週內就能有十封回信，算是第一階段完成。十個人看起來很多，但實際進入語言交換活動之後，很快會有許多人話不投機，或是時間不合，因此逐漸斷了聯繫，所以大概這個數量比較適合。

除了注意自己要寫些什麼給別人，同時你也該看看其他想找日本人進行語言交換的「競爭對手」的徵友情報！

你才剛進入這個社群，日本人在社群中就是你的「意中人」，而你在「情敵環伺」的這個社群中，一點準備也沒有，那怎麼能出奇制勝？當然要先了解你的「情敵」們都是採取什麼策略，才能與眾不同，讓你所想要進行語言交換的「意中人」為你傾心。

所以多看看和你同樣想找日本人做語言交換的其他人，都是怎麼寫自我介紹文章的，然後分析一下，你還可以怎麼改進自己的自我介紹吧！

老實說，如果你的日文實力並不很強，光是多看幾則別人的自我介紹，你就會學到很多東西。

你可能會發現自己原本的自我介紹寫得有多「孩子氣」，文法也古裡古怪，不用覺得喪氣，每個人都是從零開始學。光是東抄西揀，把其他人寫得好的部分、精華的內容摘進自己的自我介紹，組織一下，其實你的日文能力就會有進步了。果然是生活中的每一刻都是學習。

第
4
章

靠
這
些
就
夠
了
！
15
個
線
上
練
日
文
必
備
免
費
資
源

JCinfo 還有提供個不錯的機制，就是所有應徵語言交換的人，寄給你第一封 Email 時，應徵信件都從 JCinfo 的主機收發。因此除非你在公告欄上大咧咧地貼上自己的信箱或 LINE ID，否則你不用擔心個資外漏。收到信之後，如果你對對方有興趣，再回信開始互惠語言學習即可。

不過 JCinfo 當然也有隱藏的風險，畢竟沒有註冊會員，登錄公告和寄出交友邀請信所需的時間很短，所以難免有並非衝著語言、交流等正當目的而來的人在 JCinfo 上出沒。但跟其他兼顧語言交換的網路交友平台比起來，JCinfo 已經算是**使用者組成相當單純、友善的平台**，所以我非常推薦。

總之別忘了，再怎麼安全的平台，還是會有不安好心的人出沒的可能性，因此要掌握好網路交友的基本原則：**不洩露個資，不匯款，見面不單獨赴約，並且讓家人朋友知道自己的交友狀況**，隨時提高警覺，好好保護自己。

語言交換自我介紹範例

不管是發文者還是寫信給對方，當然都要有禮貌，但除了介紹自己的名字、年齡、職業或學校之外，還能怎麼變化，讓人眼睛一亮呢？如果只是想簡單扼要地介紹，又該怎麼寫比較好呢？如果你實在想不出來，以下的範例參考一下，再發揮自己的創意吧！

「我是神奇裘莉，來自臺灣。在 JCinfo 看到你寫的徵

友訊息，你喜歡看電影，我對電影也很有興趣，希望我們能夠以書信往來 /Line 對話等等方式交流，可以聊天也可以一起學習語言。

我已經學了 3 年的日語，也有跟其他人語言交換的經驗，如果你需要我幫忙，我很樂意教你中文。」

日文也有一些不同的寫法，比如中規中矩的：

「こんにちは。神奇裴莉です。台北出身の台湾人です。

○○○さんのプロフィールをみって、交流したくて、メッセージさせていただきました。

友達になってくれませんか？

もしよかったら、返事してくれれば嬉しいです。よろしくお願いします。」

大致上是這樣了，但嚴禁照抄！原因當然不是著作權——你想想，如果有兩千人買我的書，每個人都照抄，除了姓名之外一字不改，JCinfo 上不就充滿一模一樣的自我介紹了嗎？

說真的，**如果你連寫一段自我介紹的時間都沒有，我勸你還是不要考慮語言交換這一途**。語言交換本來就特別容易一曝十寒，尤其當對方寫來的信你不知道怎麼回應，或是自己剛好有其他事情忙得不可開交時，一個不小心就變成從此不聯絡，對自己來說白忙一場，對對方也不尊重。

所以如果你真的連寫篇自我介紹的時間都擠不出來，那我建議你還是把寶貴的時間花在其他課題上，反而會更有收穫。但如

果你恰好和前面的情況相反，明明願意寫，但寫自我介紹這關就卡關很久，擔心文法錯誤，或是用詞不恰當，但這其實沒什麼好擔心的。**文法錯誤也能讓對方瞭解你的語言程度**，只要你能明確表達出自己是誰、為什麼想要交流，再加上其他可以引起對方興趣的額外資訊，接下來就是**願者上鉤**而已。

最後提醒一點，在 JCinfo 上寄出你的應徵信之前，一定要記得把應徵信的內容複製到自己的電腦中存擋。一來防止網頁突然掛掉你前功盡棄，二來每次寫的應徵信其實不會有什麼不同，善用複製貼上，再換一下人名，並且針對對方的應徵公告微調內容，就可以省下你大把時間囉！

語言交換互動模式有哪些？

和外國朋友交流，一開始你可能會不知道該說些什麼、做些什麼。畢竟我們不是人人都有跟陌生人搭訕的經驗，不擅長也不奇怪。在你不知道對方的習慣、需求之前，最開始到底要說些什麼，還有應該如何互動交流？其他人都是怎麼進行語言交換的呢？語言交換的世界還真令人困惑啊！

簡單來說，現在主流的線上互動模式分為三種：Email信件往來、LINE 私訊、音訊／視訊會話。在開始前你很難

預知每個不同的對象喜歡什麼樣的交流方式，很有可能你連自己適合什麼樣的交流方式，都不知道。唯有多嘗試，才能更了解對方，也了解自己。

如果你是在 JCinfo 上找到外國朋友，一開始就可以先詢問對方喜歡怎麼樣的模式。如果遇上對方跟你一樣沒經驗，或是什麼模式都可以的情況，不妨將上述三個方向提出，再依照彼此的生活規律以及可以互相配合的時間抓出來，就可以選到兩人都能舒服的方案。

工作繁忙而且加班時間不固定的人，你一週可能只有一兩次跟對方聯絡的時間，而且很難確保不會臨時有事而放對方鴿子，那最好選擇 Email 信件往來。比方說，每週寫一封信內含中日文對照給對方，請對方批改你的日文寄回；對方回信時也以中日文對照的方式回信，再由你批改，並且依照話題撰寫新的信件，寄回去給對方，就是個不錯的方式。

學生族群或是每週末固定閒閒沒事做的人，就可以找跟你一樣生活規律的人，安排固定時間視訊／音訊會話。第一次會話可以安排一小時的長度，雙方說好前半小時說中文的話，後半小時就說日語。先把時間說清楚，可以避免聊了半天結果都在說某個人的母語，而讓那個人沒有練習到的感覺。唯有雙方都有受惠，關係才能維持長久。如果雙方都覺得這種互動良好，就可以視情況增加會話次數，進步也會快得多。

LINE 或 Skype 私訊則是最具彈性的互動方式，可以和對方即時聊天、分享生活點滴，就好像多了個真正的朋友一樣。不過LINE 私訊對方通常不會替你修正文法錯誤，比較適合已經有相

當日語基礎的人，想和日本人暢快地交換意見使用。如果你並不缺朋友，只缺免費日文家教，或許前兩種看似練習時間不太多，但是重質不重量的方式，反而更適合你。

當然，在現實世界中交流也是很好的活動，揭開網路這層面紗，實際在生活中接觸、使用日語，對你而言必定有很大的幫助。

不過網友見面自有其風險，就算在**網路上聊得興致盎然，見到面卻面面相覷氣氛尷尬**的例子也不在少數，可能見面前是心靈伴侶，見面後立刻封鎖，又少了一個可以練習語言的對象……這些都要計算進去，再付諸行動比較好。

即便是很信任且視訊過多次的對象，第一次見面時還是要結伴赴約，並且讓家人知道自己的行動計畫，明確告知會面地點、開始及返家的時間，以確保安全。

語言交換最強 App： HelloTalk

HelloTalk 是全球性的語言交換 APP，有超過一千萬個用戶，在 iPhone 和 Android 手機上都能使用。

使用 HelloTalk 時要先設定想學的語言，在搜尋對象時可以設定國家、年齡層。以學日語而言，當然是選擇日本

不只日語，包含英語、法語、荷蘭語等各國語言，都能在這個世界最大的語言交換 APP 上找到對象

世界最大の語学交換

HelloTalk

www.hellotalk.com

人最能了解母語人士怎麼應用日語。不同年齡層則會影響你交流到的內容，20 歲以下的年輕族群，用語和生活都偏向學生話題，而 50 歲以上的對象通常較有耐心。

　　HelloTalk 有個很棒的設計，它內建了訂正功能，對方可以幫你修改錯誤的用詞和文法，你也可以收藏你覺得不錯的文章句子。

　　一開始尋覓長期交流對象時，可以從對方的個人動態牆上了解他的興趣和性格，你也可以分享自己的生活，引起其他人的興趣，提高交友成功的機率。

跨國交友的禮貌和警覺

跨國交朋友，禮貌很重要。所謂的禮貌，不是你覺得自己有禮貌，就叫做有禮貌；**對方覺得有受到尊重，才是真的有禮貌。**

臺灣、歐美、日本看似都在國際化浪潮下越來越相近，但實際上人與人相處的距離和分寸，卻仍有大差異。因此面對日本人，該有的禮節你最好事先做點功課，否則對方覺得你莫名其妙，受不了你，你卻以為對方怪裡怪氣，怎麼兩三次就已讀不回。

一開始大家剛認識，可以的話盡量都用「丁寧語 **3.**」對話，尤其如果你的對象一直都是用「丁寧語」回覆訊息，那麼你最好也用同樣的語體，以示尊重。

如果不擅長丁寧語，或是擔心自己的日文能力不夠好，那只要在剛接觸對方的時候，就先打「預防針」。事先聲明：「日本語を勉強中なので、敬語（丁寧語）もあまり上手く使えません。私の日本語になにかおかしいところがありましたら、どうぞ遠慮なく教えてください」。

只要你將尊重對方的心意適當表現出來，和你對話的日本人肯定也會理解，不會用嚴苛的要求檢視你這個正在練習日語的外國人。但如果你該做的都做了，而他還是覺得你沒誠意，那其實根本不是你的問題，而是對方的問題。不要太勉強彼此，換個對象就好。

網路交友最怕的是遇上披著羊皮的狼，語言交換當然

也算網路交友的一個分支，因此也
要小心變態、怪人或是不懷好意的
騷擾者。HelloTalk 具有封鎖和檢舉
的功能，如果發現對方使用的是假
資料，或是提出不合理的要求，說
的話和常識相悖，你就該直接封鎖
並且提出檢舉，以策安全。

慎防犯罪！暗藏危機的語言交換

　　有一次我和一個剛認識的語言交換對象交換 Skype 帳號後，
對方立刻打視訊過來，我這邊則是只用音訊，沒有開啟鏡頭。對
方的畫面裡除了他本人躺在被窩內之外，令人在意的是背後凌亂
得像垃圾山的房間，氣氛非常詭異。

　　和他有一句沒一句地對話了半個小時，對方所言的內容大部
分都在抱怨世界不公平，所以他才會在各種工作場所都被討厭，
必須寄居在阿姨家當了十幾年的「家裡蹲」。後來話鋒一轉，問
我怎麼不開鏡頭。我覺得還不夠熟悉，於是跟他說素顏不方便，
沒想到他反而開始問我「內衣是什麼顏色」等等，還說開鏡頭讓
他看一下沒什麼關係吧。我當然是立刻跟他說掰掰，並且列入封
鎖名單。

　　**凡事要相信自己的直覺和常識，在任何時刻只要察覺不對勁
或感到不舒服，就立刻跟對方切斷關係，不用不好意思。**千萬不
要以為是文化差異而讓自己陷入危險，更不要以為「XX 國都是

好人」，一定不會有問題。

任何國家都有罪犯，任何國籍都有壞人，雖然大多數的時候我們遇到的都是好人，但保護自身安全是網路交友的最高原則，絕不可忘。

臉書、LINE、工作場所和學校單位等，只要給了任何一項，有心人就能輕易地鎖定你的生活圈，連查出你家住哪都不是難事，所以無論如何，在聊天過程盡量不要一開始就透露太多個人情報。

曾有臺灣男生被顯示為日本女性的帳號詐欺，對方傳來性感裸照，並且要求受害者回傳裸照，結果回傳後立刻被威脅付遮羞費到指定帳號，否則就要將裸照公開到網路上。對方甚至表示已經將受害者臉書好友資料都備份了，如果不付款，會把受害者的裸照透過臉書，傳給受害者的上司。

從上面這個實際案例，不難了解不是只有女性會成為網路交友不慎的受害者。利用語言交換APP要謹慎，不要心存僥倖，以免自以為釣到好康，實際上卻成了待宰的大肥羊。

和網友約見面也要小心。相約的地點和時間，都可能透露危險的警訊，如果沒有注意很可能就會上當受害。

如果有網友和你約見面，但約在晚上九點、十點，甚至午夜，就要提高警覺，因為正常的人絕對不可能這麼做！前幾次相約時，約在白天並選擇公共場所，才是比較正常的作法。正常人多少都會怕被騙，所以對方如果沒問題，

也會偏好選在白天見面的。

　　以前我曾經有個語言交換的對象，自稱男大生，聊天三個月後剛好我跟著參訪團去東京，每天行程滿檔，根本沒有時間可以和對方見面，所以沒有特別約他見面。

　　但對方聽到我要去日本，卻說無論如何都想來找我，即便我說每天行程都有餐會，行程到晚上十點多才結束，對方也不在意，甚至想約晚上十一點到我住的飯店來找我。因為當時在國外而且又是只有我一個人，所以最終還是拒絕了這個見面的要求，而對方也就此再也沒有和我聯繫。

　　當然對方不見得是心懷不軌，也有可能是真的很想和網友見個面而已。不過凡事不怕一萬只怕萬一，如果有個萬一，而後果會是自己無法承擔的情況，那麼還是寧可小心為上。即便對方因此斷絕往來，也只能說是無法互相理解，彼此緣分走到盡頭了而已，不需要太過在意。

　　和網友見面的地點，最好可以選擇自己熟悉的公共場所，而日本居酒屋看似是公共空間，但大多有個室（包廂）設計，如果被對方騷擾也比較難求救，應該盡量避免。選擇咖啡廳或速食店等等，就比居酒屋和酒吧來得妥當。

　　在都還沒聊過天的情況下，就要求交換 LINE 或臉書的話，就要提高警覺。還沒聊過幾次並不熟悉的情況下，對方就要求你傳照片、視訊給他，也可能是意圖不軌。刻意約在夜晚見面，或選擇古怪的見面地點，則要特別警惕，最好予以拒絕，一定要赴約的話也應結伴同行。總之注意自身安全，才不會好事變壞事，成為網路交友的受害者。

4·12 適合練日文的 新聞網站懶人包

NHK EASY NEWS

www3.nhk.or.jp/news/easy

推薦

初學者的福音！基礎日文附帶假名標注，就像給小孩子讀的國語日報般親切易讀。

優點

① 內容經過編輯，專為日文學習者及日本國中小學生設計，題材多元，內容簡單不怕看不懂。篇幅短，容易累積成就感。

② 漢字皆有假名標記，看到不會念也不用查，讀來特別省力。

③ 特殊詞彙（超出日本中小學生常識範疇的詞彙）有底線標記，滑鼠游標移過去就能看到解釋。

TBS NEWS

news.tbs.co.jp/index

推薦

所有的人都
應該使用!
練日文的最
佳新聞網站。

優點

① 影片附有逐字稿。可先看新聞,再看逐字稿確認自己靠聽力抓
到多少資訊。

② 可以自己勾選喜歡的新聞組合,點選連續播放後一次看完,跟
看電視台新聞很像。

③ 新聞長度較短,關鍵字都有大字卡提示,較易集中注意力,訓
練聽力很方便。

④ FB 推播做得很好,推薦追蹤 TBS NEWS 粉絲團開啟搶先看。

NHK 手話 NEWS

www.nhk.or.jp/shuwa

推薦

想逐句跟讀、
希望可以完
全掌握漢字
精確讀音的
考生。

優點

所有口白有精確的大字卡及讀音標註,且口白語速緩慢,適合練
習跟讀初期使用。(到後期能力提升後,用手話 NEWS 練跟讀
的難度太低,建議那時候就可以直接改看一般新聞囉!)

NHK 世界のいま

推薦

喜歡歷史、
關心世界大
事件的使用
者。

LINK!

www.nhk.or.jp/program/
sekaima/movie

優點

1. 動畫呈現，畫面風格有獨特性格。
2. 歷史／專有名詞等關鍵字出現時，一定有大字卡出現提示。
3. 口白簡單扼要，只說重點。對於剛開始練習聽力的考生而言，可以專注在練習聽關鍵字。讓自己的大腦習慣在看到字卡的關鍵字後，可以用耳朵準確聽到關鍵字出現的時間，對於往後練習聽完整新聞，甚至正式上場考試時抓關鍵字非常有用。

ANN News

第
4
章

靠
這
些
就
夠
了
！
15
個
線
上
練
日
文
必
備
免
費
資
源

推薦

想要緊追日
本時事，希
望逐句跟讀
的考生。

LINK!

www.youtube.com/user/
ANNnewsCH/featured

優點

1. 播放清單整理得很好，可以依照自己喜歡的類別選擇新聞收看。
2. YouTube 頻道影片數量龐大，選擇方便且不用擔心缺素材。
3. 口音清晰明朗，YouTube 自動生成逐字稿字幕的精準度很高，一定要開字幕，對訓練聽力幫助很大。

NHK クローズアップ現代

www.nhk.or.jp/gendai

推薦

準備考試的時間較充足，希望可以訓練閱讀 / 聽力，同時了解深度日本文化、當代議題的考生。

優點

① 有命中考題的機會。2015 年 12 月，我考 N1 的時候其中一題長篇聽力題和 NHK クローズアップ現代的節目內容就完全重合。

② 網站上有逐字稿搭配圖片 / 照片的完整閱讀內容，方便查找關鍵字。

③ 題材新穎，關鍵字和議題準確命中社會脈動。

④ 使用 VPN 進入日本網域並加入付費會員的話，可以於 NHK Ondemand（http://www.nhk-ondemand.jp）收看影片。（非必要，建議可於考前兩個月再加入做衝刺及猜題。）

4·13 基本動詞手冊，解決動詞的疑難雜症

日文中動詞往往可以一詞多用，辭意多變，兩個動詞組合而成複合動詞的用法又讓詞彙複雜程度更上層樓——想要加強對日文基本動詞的了解，參考「基本動詞ハンドブック（基本動詞手冊）」就對了。名字叫做手冊，但其實是個簡易動詞資料庫。

整體版面幾乎談不上任何美感，看起來跟理工科的工廠作業系統沒兩樣，但它搜羅了最常用到的 95 個基本動詞，把動詞的各種變體（活用形）、不同辭意、例句、各種用法的關聯樹枝圖，以及慣用表現和複合詞都整理妥當。

我認為在剛學到新單詞的情況下就來查這個資料庫，是沒效率又沒意義的作法。絕大多數的詞彙都有二種以上的用途，但在沒遇到的情況下硬是把所有用法背起來，或是強迫自己認識這些罕見用法，根本不符合學習效益。

較好的方式是，在你學日文一陣子，認識的詞彙越來越豐富之後，如果你開始感覺到許多意義近似的單字之間，自己並不能明確感覺出究竟差異在哪，並且為此感到困擾時，再來查詢這個資料庫。

第
4
章

靠這些就夠了！15個線上練日文必備免費資源

基本動詞手冊，解決動詞的疑難雜症

verbhandbook.ninjal.ac.jp/
headwords

另一個很不錯的時機則是靠近考試前的幾週，來檢視這個資料庫中是否有「驚喜」。理論上所有資料庫裡的 95 個動詞你都已經認識，如果有不熟悉或根本沒見過的，趕快追上進度吧！

雖然全日文的說明對剛開始學習日文的人絕對不親切，但是考量到它深入淺出的說明，花點時間在這個資料庫上還是值得的。

4·14 日本語教材圖書館

LINK!
問題檢索室

www.n-lab.org/library/mondai/index

問題檢索室

日本語教材圖書館是一個滿陽春的網站，主要值得利用的部分是問題檢索室裡的題目。光是 N1 就有 1847 題，完全免費，你不去買書店的題本也絕對能徹底練習。在臨考前想要多做點題目時，尤其可以派上用場。

選定考試級數（從 N3 到 N1）後，指定題目類別，按下檢索，就可以開始作答。題目並非隨機，因此題目做累了隨時複製網址，下次再重新貼上，就能銜接原本的進度繼續往下練習。

不過也別給自己壓力，我提供這個題庫資源，只是增加你手邊可以應用的資源，**你不需要要求自己做完它們**——至少我從不這麼做，因為**我深信做太多題目，人可是會變呆的！**只要把做過

的每一題好好訂正，並徹底弄懂為什麼答對、為什麼答錯，就有做一題勝過做一百題的效果。

要好好訂正，你或許會想列印題目檔案出來，方便做筆記、標注紅字要點。這時你可以利用畫面左下角的「Excelファイルとしてダウンロード（下載 excel 檔案）」，或是直接製作螢幕列印（printscreen），不過每次都只能下載當頁面內容，無法大量下載。因此比起下載檔案列印，其實我反而更推薦你製作自己的紙本筆記。

如果你跟我有同樣的壞毛病，書局買的參考書大部分都只寫了前半部，後半部總是「寫不完」，那我幾乎可以斷言你將檔案列印出來後，會回頭再來複習的機率不高，只是「印心安」的。

相反地**親手抄寫，把錯誤的地方製成筆記的話，在抄寫的過程就已經加深你的記憶**，而組織筆記更能幫助你整理思維。手眼腦三者並用製作筆記的吸收效果絕對好過點擊列印加歸檔，因此即便事後你再也沒有回顧這些資料，抄筆記也絕對不會是做白工。

4.15 做個讀書人！經典小說散文都在青空文庫

青空文庫是公益性質線上資料庫，志工們將已經成為公版（Public Domain）的小說、散文等文學作品編校、整理成數位檔案，供全世界的人免費閱讀、取用。

大多數的文章是五十年前的經典文學，因此對剛開始學習日文的朋友而言，會比較讀不來，是正常的。而閱讀散文和小說，又是兩種不同的體驗。小說內容天馬行空，不認識的單字也比較多，在沒有充足的背景知識下，閱讀小說比閱讀散文這種現實與思想交織的作品，更不容易。

但不論哪一種，青空文庫中仍然有值得推薦、對我們來說很親切的作品。以下挑選一點都沒有老扣扣的感覺，可以讓你學習日文時同時了解日本人在想什麼的短篇佳作。如果你是愛讀書的人，千萬不要錯過這個超棒的免費線上圖書館！

北大路魯山人：
藝術家的美食指南

北大路魯山人（きたおおじろさんじん）是日本近代知名藝術家，在陶藝、書畫、篆刻、漆器等領域都留下堪稱一級的作品，除了藝術涵養，北大路魯山人也是有名的美食家，並且有許多和料理及藝術相關的散文傳世，也是我最推薦的作家。

美食這項題材非常生活化，透過北大路魯山人充滿智慧又幽默的文字，讀來讓人直呼過癮。比如北大路魯山人有一次在京都接受招待，結果卻**吃到一碗一點也不京都風，非常難吃的茶碗蒸後，寫出了精彩的抱怨文〈茶碗蒸し〉**，就是讓人莞爾一笑的傑作。

如果你喜歡美食，閱讀北大路魯山人，也可以讓你對許多日式食材，以及日本料理有更深刻的認識。

北大路魯山人：藝術家的美食指南

●トップ ●インデックス／全 ●作家リスト：公開／作業／全 ●作家別作品リスト

作家別作品リスト：No.1403

作家名： 北大路 魯山人
作家名読み： きたおおじ ろさんじん
ローマ字表記： Kitaoji, Rosanjin
生年： 1883-03-23
没年： 1959-12-21
人物について： Wikipedia 「北大路魯山人」

［公開中の作品｜作業中の作品］

公開中の作品

1. 明石鯛に優る朝鮮の鯛 （新字新仮名、作品ID：54939）
2. 味を知るもの鮮し （新字新仮名、作品ID：54978）
3. 甘鯛の姿焼き （新字新仮名、作品ID：49952）
4. アメリカの牛豚 （新字新仮名、作品ID：50014）
5. 鮎の食い方 （新字新仮名、作品ID：49953）
6. 鮎の試食時代 （新字新仮名、作品ID：49954）
7. 鮎の名所 （新字新仮名、作品ID：49955）
8. 鮎ははらわた （新字新仮名、作品ID：54940）
9. 鮎を食う （新字新仮名、作品ID：54941）
10. 洗いづくりの美味さ （新字新仮名、作品ID：54942）
11. 洗いづくりの世界 （新字新仮名、作品ID：54943）
12. 鮑の水貝 （新字新仮名、作品ID：54944）
13. 鮑の酒煮り作り （新字新仮名、作品ID：49956）
14. 鮟鱇一夕話 （新字新仮名、作品ID：49957）
15. 生き烏賊白味噌漬け （新字新仮名、作品ID：54945）
16. いなせな縞の初鰹 （新字新仮名、作品ID：49958）
17. 猪の味 （新字新仮名、作品ID：54960）
18. インチキ鮎 （新字新仮名、作品ID：50015）

北大路魯山人

www.aozora.gr.jp/index_pages/person1403

　北大路魯山人有一篇散文，題為〈数の子は音を食うもの〉，亦即「鯡魚卵是吃聲音的」，將日本人過年必吃的鯡魚卵做了一番透澈分析，並且探討了不同醃製方式對鯡魚卵會產生重大的影響。讀北大路魯山人的美食札記，會發現美食家對料理的挑剔絕非一般，是雞腿般的美味還是雞肋般的食之無味，只在一線間，而這些細緻的要求，正是日本職人文化讓世界喜愛的原因。

　要單單只推薦北大路魯山人的某幾篇文章，實在不容易，精彩的文筆值得一篇一篇慢慢讀過，不過如果你不知從何開始，不妨從我最愛的茶泡飯系列著手吧！〈鮪の茶漬け〉、〈鱧・穴子・鰻の茶漬け〉、〈納豆の茶漬け〉、〈てんぷらの茶漬け〉、〈お茶漬けの味〉等等，北大路魯山人一系列關於茶泡飯的散文，明明環繞著同樣一個平凡的題材，卻寫得生動、讓人垂涎三尺，實在厲害。

LINK!

鮪の茶漬け

鱧・穴子・鰻の茶漬け

納豆の茶漬け

www.aozora.gr.jp/cards/
001403/files/50003_37877

www.aozora.gr.jp/cards/
001403/files/49996_37879

www.aozora.gr.jp/cards/
001403/files/54975_49007

てんぷらの茶漬け

お茶漬けの味

www.aozora.gr.jp/cards/
001403/files/54974_49006

www.aozora.gr.jp/cards/
001403/files/54961_48527

新美南吉：動物童話小品

日本人稱「北有賢治，南有南吉」，新美南吉是位僅活了二十九歲的短命作家，和同樣擔任過教師且一樣英年早逝的宮澤賢治，經常被拿來比較。

而相較於宮澤賢治文中經常透露出的悲天憫人，若你喜歡簡單而生活化的樸素文風，讀新美南吉就不會錯。新美南吉善於描寫景物，敘事單純明快，所作童話大多篇幅短小，句構、用語簡單，五到十分鐘內就能讀完，很適合剛開始接觸日本文學的人。

　　比如〈飴だま〉敘述帥氣的武士與兩個孩子的母親，在同一條船上偶然相遇而發生的趣事，對話和動作生動，結局有出人意料的發展，但並不拖泥帶水。或是像〈里の春、山の春〉撰寫居住的深山不知「春」為何物的小鹿，受寺廟鐘聲吸引，到田野間遇到老爺爺，而提早認識了春天的故事，都是非常具有新美南吉風格的作品。

　　新美南吉雖然早逝，但從中學時代開始創作童詩、童謠，十八歲已有知名的代表作〈ごん狐〉發表，取材自故鄉老翁口述的田野故事，名為ごん的小狐狸有什麼樣的故事呢？有興趣的話自己去看看囉！

LINK!

飴だま
www.aozora.gr.jp/cards/
000121/files/4723_13209

里の春、山の春
www.aozora.gr.jp/cards/
000121/files/4676_8216

ごん狐
www.aozora.gr.jp/cards/
000121/files/628_14895

森鷗外：日式大文豪風範

　　大文豪森鷗外的名氣在日本可是大得無人不知、無人不曉，在日本文學史上的地位與夏目漱石、芥川龍之助相當。他的著名作品很多，處女作《舞姬》更被視為日本文壇浪漫主義的起點。不過畢竟是明治時代的作家，用詞與百年後的今日已有所不同，對不習慣日本文學的人而言，讀起來比較生硬。

　　想淺讀森鷗外的大作，推薦不妨從〈牛鍋〉開始。〈牛鍋〉講的是年近三十的男子和七、八歲的女童，互搶鍋中牛肉的故事。

牛鍋

www.aozora.gr.jp/cards/000129/files/3615_12063

　　一男兩女圍著一個牛肉鍋，這是日本典型的和諧家庭樣貌，但圍爐的卻是職人身分的男子、男子已故友人之遺孀、以及友人的女兒。更特別的是，女童的母親在女兒和男子搶牛肉時，只坐在一旁一言不發，並「用永遠渴望的雙目」凝視男子。讓人不免好奇這故事到底還有什麼後續啊？

　　森鷗外將看似平淡的圍爐一幕細緻描寫，捕捉搶牛肉的互動，並拿猴子之間即便是親子也會互相搶食，與男子最終心生憐意放下筷子讓年幼的孩子對比，說明人類能勝過獸類，就在於透過大腦思考而能做出與本能相反的決策。

但事實上繞了一圈，除了爭搶鍋中牛肉的本能，〈牛鍋〉還有更深一層的意涵。

在那女子喪夫後極易陷入經濟困境的時代，故事中的女子忍著口水，替男子倒酒，又一直盯著男子，其實是在觀察並確認是否能以男子作為經濟支柱，填補「經濟」這「永遠的渴望」。故事雖然簡單，但想像空間無限，是一則初見不怎樣，但越讀越有味道的極短篇。

日文中藏頭去尾的用法很多，這則故事現場雖然只有三個人，但據說連一些日本人在初次閱讀時，也沒能明確看得出來究竟是怎麼回事。作為練習，看這篇文章時可以**好好思考每句話隱藏的主詞是誰，以後遇到類似的問題時，就能得心應手。**

---

③. 丁寧語（ていねいご）：也就是大家熟知的「ですます型」。相對於「タメロ（ためくち）」、「普通語（ふつうご）」這些對家人朋友使用的略語，丁寧語比較有禮貌，適用於剛認識的朋友，或是長輩、上司。

Go
Go
篇

你也可以！

10個月考過日檢1級！

10 個月考過日檢 1 級

日程安排這樣做

考 N1 前，你該知道的事

當你覺得自己只有 N4-N3 時，
你離 N1 已經非常近了

　　我聽過好多人說：「沒有啦，還沒要考 N1，我的程度大概才 N4 左右吧。之前我有寫 N4 考題，我連那個都還覺

得好難。」你也曾經這麼想嗎？或是你現在正是這麼想呢？

每次遇上這種朋友，我一定會跟對方說明 **N1 考試的特性**就是**漢字多，且閱讀題著重考文章邏輯**而非單純考日語水準，這兩個重要的觀念。

寫寫看 N1 的題目，說不定得分比 N4 還要高！

因為原本通篇的平假名不見了，換成高比例的漢字，閱讀題就算看不懂日語的部分，光靠漢字都能猜出八成，再加上答案中也有很多漢字，N3 以前文章看不懂、問題看不懂、答案選項也看不懂的「三不懂」情況，不復存在。

可是別高興得太早。大部分跳級去考 N1 的人，在聽力和文法單字部分，仍然需要多一點時間，才能養成實力到足以通過考試。因此在開始準備 N1 前，請先寫一份 N1 考古題。

寫第一份 N1 考古題的時候，不必完全依照官方測試時間表進行，在各個部分之間，去上廁所、吃飯，甚至是分幾天完成一份考卷都不要緊。

寫這份考題不**是要測試實際考試會得幾分，只是要藉此找出自己的強項和弱項**而已！這可是後面準備考試時的重要規劃依據。

舉例來說，如果寫完第一份 N1 考卷，第一部分的正答率超過 25%，第二部分閱讀題的正確率有 40%，而聽力部分全錯，正答率 0%，那麼準備 N1 考試的期間，建議以影片（網路新聞、綜藝節目、日劇）等為重心，對聽力將有非常大的幫助。

相反地，如果是一直以來經常看日劇、玩日文電玩、聽日文歌或 CD DRAMA，卻從來沒有好好學過五十音的人，可能

遇上明明知道的單字，但因為五十音不熟，而猜不出來，結果測試出來的成績變成第一部分、第二部分正答率低於25%，但第三部分聽力題有 50% 甚至更高的正答率。

此刻或許你心中還有懷疑，但務必記得──假如不改變的結果也是考不過，那麼還有什麼可怕的呢？就當作是被我騙了也沒關係，只要開始做了就會有成績，懷抱挑戰自己極限的精神，勇敢向前衝吧！

先考 N2 再考 N1 的好處

如果你跟我一樣有完整的 10 個月準備期，而且有足夠的資金（畢竟報名檢定需要考試費用），我強烈建議你先考 N2 熟悉考試流程跟現場規則，在 10 個月結束正式「對付」大魔王 N1 時，就能不慌不亂。

曾有人問我既然是當作 N1 的預備考試，為何不兩次都報名考 N1，更能 100% 掌握 N1 考場啊。當然這也是個很好的想法，不過從五十音背不全開始花 10 個月準備，然後考過 N1 雖然不難，只用 4 個月就要這樣考過 N1，就是個大挑戰了。

N2 的題型比 N1 簡單，基本上好好準備的情況下，4 個月時間準備，低空飛過合格線，不會有問題。如此一來即便最壞的情況發生，最終 N1 沒有通過，手中還是有 N2 檢定證書，能在升學、求職、加薪各方面派上用場。

準備 4 個月就直接報考 N1 卻有很高的失敗機率，而

第一次沒考過 N1，心理受到挫折，灰心喪志再起不能的風險也要考量進去。所以一開始選擇難度較低的 N2 作為預備戰場，會比較合適。

至於先從 N3 甚至 N4、N5 開始……我誠心建議別這樣。

考過 N3 後敢直接去考 N1 的人非常少，反而會拖慢你考過 N1 的時程。而且 **N3 證書老實說一點用處也沒有**，不論在學校還是職場，都是以 N2 為基本門檻，N3 的報名費省下來多考一次 N2 也好啊！

如果你還在猶豫，我再給你個不要考 N3 的理由吧。N3 以下的初級者考試時間在上午，只有 N2 及 N1 在下午考試。光是 N3 必須在上午 9:10 開始考試，讓人無法好好享受週末的補眠時光，是不是就讓你覺得打退堂鼓呢？（笑）

當然 4 個月考過 N2 也不是所有人都能辦到。但即便 N2 沒有通過，也不用覺得自己 N1 一定不會通過。

有些人前面學五十音花比較長的時間，或是單純語感還沒養好，因此 N2 成績不理想，但在 N2 的成績單中一定會寫出你的強弱項，拿到 A 的科目繼續維持學習方式，拿到 B 的加緊用功，隔半年的 N1 考試還是有機會倒吃甘蔗越吃越甜，反而表現得很好。

10 個月考過日檢 N1 不是一個所有步驟都會完美奏效的過程，但重點是**按照計畫朝著目標義無反顧**，即便遇上挫折或是不如意，也**不要花太多時間垂頭喪氣**，目光永遠放在 N1 這個目標上，做自己相信是正確的事情，完成每個階段的任務，就會有最好的結果。

N1 考試規則 & 報名流程

報名時程

日文檢定約在每年七月及十二月進行，一年只舉辦兩次，考試地區包含日本國內及日本以外數十個國家。臺灣是考日檢的大國，每年兩次的考試，臺灣北中南都有考場，

日本語能力試驗 JLPT 的官方網站

www.jlpt.jp/tw/index

只要記得每年三、四月及七、八月先上日本語能力試驗 JLPT 的官方網站確認當年考試資訊並且報名，就可以參加七、十二月分的檢定囉！

在日本報考 JLPT 的流程圖

step 1.
至日本國際教育支援協會網站確認測驗實施日程。

第 1 回：
2 月上旬

第 2 回：
7 月上旬

step 2.
至日本國際教育支援協會網站註冊 MyJLPT，或至簡章販售書店購買報名簡章。

第 1 回：
3 月中旬

第 2 回：
8 月中旬

step 3.
至日本國際教育支援協會網站報名並繳交測驗費；或繳交測驗費後郵寄報名資料至報名處。

重要時間

第 1 回：
4 月上旬
~下旬

第 2 回：
9 月上旬
~下旬

step 4.
日本國際教育支援協會寄發准考證。

第 1 回：
6 月中旬

第 2 回：
11 月中旬

step 5.
參加測驗！

重要時間

第 1 回：
7 月上旬

第 2 回：
12 月上旬

step 6.
日本國際教育支援協會寄發成績單。

第 1 回：
7 月上旬

第 2 回：
12 月上旬

在國外報考 JLPT 的流程圖

step 1.
查看欲報名國家或地區之舉辦城市以及施測機構。

step 2.
向施測機構確認報名方式,並索取報名簡章。

重要時間
第1回:
3~4月
左右
第2回:
8~9月
左右

step 3.
詳讀報名簡章後按施測機構之規定報名、繳交測驗費。

step 4.
施測機構寄發准考證。

step 5.
重要時間
第1回:7月上旬
第2回:
12月上旬

參加測驗!

step 6.
第1回:
9月上旬
第2回:
2月上旬

網路查詢成績。

step 7.
第1回:
10月上旬
第2回:
3月上旬

施測機構寄發成績單。

考場禁止事項

　　日檢是正式的檢定考試，和多數大型考試規則相同，不外乎就是身分證件、准考證要記得帶，禁止使用電子儀器、手機、智慧型手錶，並且應該放在考場內的指定區域。

　　即便已經放在教室前方私人物品暫時放置區域內，電子儀器在考場內發出聲響，考生就會立即被取消應試資格，整場檢定都拿不到分數，也無法退費，務必注意。

LINK!

日檢試驗規則

日檢每年的考試規則大同小異，可以參考 2018 試驗規則。

reg.lttc.org.tw/jlpt/WebFile/notice.pdf

應考重要注意事項

1. 要使用黑色鉛筆作答於答案卡上。考題本可以寫筆記做記號都沒問題，但答案紙上不可以寫特殊符號或做筆記。還有考題本跟答案紙都不可以帶回家！

2. 一定要自備傳統手錶，才能看時間！為了避免時鐘不準產生爭議，日檢試場內一定沒有時鐘，即便**教室裡原本有時鐘，也會被考官用白紙貼掉**，所以要自己準備沒有鬧鐘功能的手錶。

3. 遲到超過 10 分鐘就無法入場考試。聽解遲到不以時間計算，而是以播放光碟片的時間計算，一旦開始播放光

187

碟片，還沒進入考場的考生便**立刻喪失資格**。

④ 無法提前交卷及離場，但是可以舉手要求上廁所。

⑤ 如果身體有特殊情況（無法久坐或需要特殊協助），可於考試開始前跟主考官說，考官會帶你去特殊考生的房間考試。我自己在特殊房間考試的經驗是很棒的，寫閱讀時沒有其他考生翻頁的聲音干擾，而且像我考的時候沒有其他人在，聽力題就隨我個人要求調整音量，聽力題聽得特別清楚，是非常開心又舒適的經驗。

⑥ 七月考的請穿短袖帶外套去考試。因為冷氣壞了並不會停止考試，突然變很熱的話把外套脫掉還有得救。

5.2 意外的關鍵！搞定 N1 長篇閱讀、聽力

　　每個人都有比較擅長跟比較不擅長的領域。N1 考試總共分成文法與單字（填空題）、讀解（閱讀題）、聽解（聽力題）三種，在開始備考之前，就先弄清楚自己的強項和弱項，

是非常重要的準備工作。

　　尤其 N1 的閱讀和聽力題對多數人而言，是兩大難關；大部分的考生如果能征服這兩個課題，就能確保 N1 合格。只要你瞭解這兩種類型的試題，到底在考什麼能力，以及應試的訣竅，想克服這兩道關卡，自然也就容易多了。

長篇閱讀其實只是在考「邏輯」和「思考」能力

閱讀題考不好，其實是中文不好

　　閱讀題是我們從小考到大，很熟悉的題型，有的人單字題很擅長，閱讀題卻總是碰壁。其實這種時候問題根本不是出在「外語」能力——而是從根本來說，語言能力不足！回想一下你的國文考卷是否也總是敗在閱讀題？你是不是用中文寫作文或寫封信時，總是覺得有些卡卡的？

　　前面的章節我已經說過了，外語若是艘小船，能載你航向世界、探索無限可能，母語就是港口，替你裝載資源錢糧，並且隨時守護著你，替你的心充電。而**母語的能力會決定你的起點，所以多讀中文書也會幫助外語能力。**當然，其他已學到的其他外語也可以幫助你學習日語，去過越多地方的人越不容易迷路，這是一樣的概念。

　　如果你發現你面對閱讀題時，經常會有兩三個選項讓你掙扎、猶豫，請增加平日的閱讀量。

　　閱讀題考不好，表示**你需要訓練的是閱讀上下文後推敲出作**

者真義的能力，要練這個甚至**根本不需要閱讀日文文章，多讀中文文章也有幫助。**

而培養閱讀能力沒有別的招，就是多讀。讀得多感受力就強，思維變得敏銳且有邏輯。

增加閱讀量還有個好處，可以培養想像力。想像力越好的人越擅長閱讀題。要從一段沒讀過的文字中分解出有條理的因果關係、統整出結論，需要你運用想像力，理解事情的經過，才能辦到。

但說是多讀就有效，其實也不然。如果只是平白地讓文字進入眼睛，不經思考，想像力是不會提升的。

要用力想像才行。怎麼練習？朱自清的〈背影〉大家都讀過，就舉它為例。

那年冬天，父親要到南京謀事，我也要回北京念書，我們便同行。……我們過了江，進了車站。我買票，他忙著照看行李。行李太多了，得向腳夫行些小費，才可過去。……他終於講定了價錢；就送我上車。他給我揀定了靠車門的一張椅子……我說道：「爸爸，你走吧。」他望車外看了看，說：「我買幾個橘子去。你就在此地，不要走動。」我看那邊月臺的柵欄外有幾個賣東西的等著顧客。走到那邊月臺，須穿過鐵道，須跳下去又爬上去。父親是一個胖子，走過去自然要費事些。……我看見他戴著黑布小帽，穿著黑布大馬褂深青布棉袍，蹣跚地走到鐵道邊，慢慢探身下去，尚不大難。可是他穿過鐵道，要

爬上那邊月臺，就不容易了。他用兩手攀著上面，兩腳再向上縮；他肥胖的身子向左微傾，顯出吃力的樣子。這時我看見他的背影，我的淚很快地流下來了。我趕緊拭乾了淚，怕他看見，也怕別人看見。我再向外看時，他已抱了朱紅的橘子望回走了。過鐵道時，他先將橘子散放在地上，自己慢慢爬下，再抱起橘子走。到這邊時，我趕緊去攙他。他和我走到車上，將橘子一股腦兒放在我的皮大衣上。……等他的背影混入來來往往的人裡，再找不著了，我便進來坐下，我的眼淚又來了。

在沒有照片、插圖輔助的情況下，試著像個電影導演般，將朱爸爸的每一個動作連貫起來，要像是腦袋裡播放電影一樣，一幕接一幕。能做到嗎？很好，文字表面的東西你已經能夠駕馭了。接下來才是正題。

現場還有什麼？……作者能寫在紙面上的有限，而能讀出多少隱匿其中的訊息，就是讀者的本事。

除了朱爸爸的動作，朱自清的眼淚，再加上一點月台邊上叫賣者的吆喝，再添點火車燒著沒冒出的黑煙，或許還有冬日斜射的暖陽？

除了作者寫清楚講明白的這一幕，父子兩人的下一幕又會有如何的發展？這也可以練習想像力。

■ 想像練習三妙招

1. 論說文對辯練習

想像作者在你面前和你議論，有哪些是你同意的觀點，有哪些是你不同意的觀點？練習從作者說的話中找到證據說服其他人接受你們的觀點；或是練習找到自己的邏輯駁倒作者。

2. 敘事文的腦內劇場練習

敘事文有很多不同的形式，小說就是最標準（又百讀不厭）的敘事文。

看小說時要靠想像重建故事，先依照作者提供的具體內容，腦內劇場一番，然後還可以試著補完故事。故事中有些未出現的場景、氣味、光線、人物、音效，甚至音樂和視線，作者沒有餘力或多餘的字數可以寫出來，又或者是不想因為太多細節而模糊了劇情焦點，但你可以靠想像力補完，讓你看到的劇情更豐富。

除此之外還可以觀察角色的性格，想像下一幕他會怎麼做，致使故事如何發展？其他角色會如何互動？

如果你的預言都成真的話，真是太厲害了。別說區

區日文檢定，你就是下一個 J.K.
羅琳！

3. 真實生活的想像練習

生活中也有想像練習。

發生什麼事情的話要怎麼做，

沒發生的話要怎麼做，A 事件發生後又發生 B 事件，但預期該發生的 C 事件沒發生，卻突發了 D 事件，那該怎麼處理……

這種想像練習的複雜程度可比看小說複雜得多，簡直和柯南辦案沒兩樣。

不只可以幫助你腦袋活絡起來，更有想像力，還可以幫你準備面對現實中不如預期的衝擊時，不至於太不知所措，一石二鳥唷！

當然不只有上述三種方式，很多方式都可以培養想像力，閱讀只是其中之一。但閱讀既然是最簡單又免費，而可以快速培養想像力的好方法，你又何必捨近求遠呢？尤其回到根本，我們要解決的是閱讀題，當然還是從閱讀下手，最容易達成目標囉！

聽力題：筆記要「先進先記，後記先出」

日檢的聽力題可以做筆記，所以聽得懂就不用怕。但想清楚，

考聽力時要聽懂、要理解、要同步筆記⋯⋯怎麼這麼忙，哪裡忙得過來！

因為大多數的人不會速記（我也不會），所以結果就是聽力題播放時，只能專心先聽懂、理解，再在考題念完之際，靠短期記憶把剛才聽到的關鍵字和結論趕快筆記下來，以幫助自己選出正確答案。

其實第 2 章的跟讀追字練習，就已是為這一刻作準備。當你能夠專心聽懂、理解，並且完美複述內容的時候，我相信你的聽力能力和短期記憶力，已經能夠面對任何聽力題，而不用擔心考不好。

然而，如果跟讀追字練出來的硬功夫來不及到位，又該怎麼辦呢？

我確實還有一些小訣竅，可以幫助你提升短期瞬間記憶能力，從聽力考題中記憶到更多資訊，讓你能應付考試。

▌不要「先進先記，後記後出」

大多數的考生面對聽力題時，都會遇到「記憶的暫存時間太短」，不足以應付冗長考題內容和大量資訊的窘況。**明明都聽懂了，也理解了，但是記不住**，或是明明一開始有記住，但「記憶暫存時間」太短，來不及寫完筆記，而原本聽到的資訊就這麼一閃而逝，永遠跟你說掰掰！

如果你有這樣的困擾，別緊張，一般未經過學習的人，面對短期快速記憶需求時，記憶資訊和大腦讀取記憶的模

式會從一開始背到最後，腦袋僵化地執行「先進先記，後記後出」的任務，但這種方式一點也不棒。

假設今天要記得的內容是「ABCDEFGH」，依照「先進先記，後記後出」規則，你會因為先聽到「ABCD」而先記住「ABCD」，這就是先進先記。

而記筆記的時候，也會依照「後進後出」規則，將「ABCDEFGH」照順序寫。可是世事無完美，後記的「EFGH」因為排在後面，所以當前面「ABCD」寫完，後記的「EFGH」終於要從大腦裡面讀取出來寫成筆記的時候，糟了，你怎麼已經忘光啦！

依照大腦費力的程度來看，「先進先記，後記後出」可說是將記憶能量均分在所有內容上，如此就有 50% 的力氣花在「ABCD」，另外 50% 的力氣用在記憶「EFGH」上。可是往往實際上留在腦中，直到能夠寫出成為筆記的部分，只剩各 20% 至 30%。

而且更雪上加霜的是，在聽力題播放的同時，可能你就因為怕忘記先進先記的「ABCD」，而在腦中若有似無地複習「ABCD」，導致後半的「EFGH」根本沒聽清楚，或是沒聽懂。

如果你發現自己確實有這個毛病，只要改變記憶和做筆

記的習慣，依照「先進先記，後記先出」的規則，就可以大幅改善了！

「先進先記，後記先出」可以提升 50% 記憶資訊量

首先要做到徹底的「先進先記」。

一開始聽前半段時，要非常用力、確實地，盡量將先進入腦海的資訊放進中長期儲存記憶區，相對地，後半的部分，則不需要記得這麼清楚。這是因為**後半的資訊，只要能夠撐到寫筆記**就可以了，但**前半必須真的記住，最好是即便不寫筆記**，都能不忘掉的程度。

另一方面，寫筆記時，則要採用「後記先出」的方式。你必須先寫出聽力題內容後半段的筆記，都寫完了才可以回頭寫最初的資訊。

這個方式，是在「ABCD」上花費 80% 的精力記憶，以將所有訊息記牢、記確實，而「EFGH」則只花 20% 精力快速記憶。

而筆記的部分，則是花費 80% 的筆記時間，在剛聽完後半段聽力內容的瞬間，將後半段絕大部分的內容，都寫下來。

如果時間不夠寫完所有筆記，甚至只要寫後半段的內容，其實不礙事，畢竟前半段的內容，你已經記得很清楚了，可以直接靠大腦作答。

「先進先記，後記先出」做得好，比起什麼都想記清

楚、什麼都想寫清楚的第一種方法，你能擁有 80% 記在腦中、印象深刻的前半段「ABCD」，以及 80% 記在紙面上的後半段「EFGH」。

這樣一來，總和地來說，你實際能夠掌握到的聽力題內容，就非常完整而全面，而正確回答出聽力題的機會，也就更高囉。

5.3 制定學習計畫，用 300 天改變一生！

制定學習計畫時，**最怕的是計畫得太過理想**，因此無法執行，導致最終陷入「無法依計畫執行」及「只好修改計畫」的無限迴圈。

發現無法依計畫執行時，一個人會先感到自我厭惡，但仍然想要振作。經過幾天的頹廢整理心情，好不容易打起精神，於是開始想：「這次一定要弄出沒問題的新計畫，把前面沒跟上的進度補回來」，並且制定新計畫，幻想自己不會重蹈覆轍。

問題是，之前無法依設計好的計畫執行，必然有其原因。大部分的人卻往往忽略這點，在時間壓力下，**將之前漏掉的進度塞進所剩無幾的備考時間裡**，學習計畫於是**越來越悖離現實**情況，每天該完成的進度比前次更多，**更加難以達成**。

其結果不難猜想，不久之後又會出現下一次「無法依計畫執行」，而罪惡感和無力感也越來越強烈。人一旦進入這樣的迴圈，心情會越來越浮躁，最終完全放棄努力，自暴自棄。

為了避免掉入這種地獄，制定學習計畫時，一定要認清自己的本性。會常因為週末有人約出去玩，就突然一整天都不碰日文嗎？會的話，週末還不如都不要排學習進度。這樣一來如果遇上剛好沒有人約，多念了一些，反而會因為超前進度，而覺得超有成就感。

試想你把學習進度排到 300 天無一遺漏，但某天因故沒辦法執行，而隔天又有隔天的進度，因此得花兩倍時間追上進度，但其實你根本沒有空閒能做到這件事，那不就糟了嗎？

生活中最不缺的就是「意料之外」，所以**學習計畫中一定要安排緩衝日**。時間跟所有資源一樣，需要未雨綢繆、有備無患。預留緩衝日，就是為了在意外發生時，不至於手忙腳亂。

突然感冒好幾天，或是跟另一半吵架氣得無法做任何事，甚至只是一時發懶……不論哪種情況都沒關係，**真的無法學習的日子，就允許自己無後顧之憂地放縱**，之後再就拿緩衝日將應有的進度補回來。

如果沒有發生任何鳥事，緩衝日可以好好休息，睡飽一點，或是去運動，畢竟健康的身體也是你重要的資產。

備考第一階段：最低限度的基本功（第0~100天）

把這本書看完，並且準備學習計畫

本書是一本全力幫助你考過檢定的書，每一頁的內容都跟你準備檢定息息相關，或許不會在一開始幫上你，但是一定在未來某個時間點，會解決你的某個問題。所以在準備檢定的最開始，你應該先花幾個小時將本書看完，並且制定出你的學習計畫。

　　此後還要不斷回看本書，從目次頁找到當下跟你的學習最相關的章節，細細地閱讀。有些你第一次看時不覺得是重點，或是根本無感的段落，在你學習實際遇上瓶頸再回來看時，會突然感到獲益匪淺，好像文字都在發光！

　　和養兒方知父母恩一樣，沒有走到那一步，有時就是完全無法理解別人在說什麼，但不代表那件事不重要。因此**請把這本書放在你最容易拿取的地方，當你需要的時候，就不會找不到了。**

你的第一桶金「五十音」

　　不論是否已經上過日文課，在五十音徹底熟練之前，都還算是備考的第一階段。能夠像看 ABCD、ㄅㄆㄇㄈ 一樣不須思考，看到五十音能夠直接反應之前，利用經常手寫，反覆記憶五十音，包含平假名和片假名的外型和筆順，都要在這第一階段的 100 天內，徹底做到直覺反應，絕對不可僥倖。

　　在未來的日子裡，五十音越是嫻熟，聽讀各種素材時就能更有效率；同樣讀書一個小時，你能夠看完、吸收比其他人更多的

內容，因此學習效率也能有超常的表現。而在正式考試寫閱讀題的時候，你對五十音反應速度越快，你的閱讀速度也能越快，當然就能更有餘裕地面對考試，甚至有多餘時間反覆檢查試卷，考過日檢 1 級就勝券在握了。若說五十音是你為考過日檢所存的第一桶金，一點也不誇張。

不過滾瓜爛熟的五十音雖然重要，卻並**不需要等到準備好五十音之後才開始接觸聽說讀寫等多元的素材**。事實上正好相反，在應用各種素材學日文的過程中，五十音本來就會越來越熟練。尤其運用 iPhone 語音朗讀輔助閱讀日文網頁，邊聽邊看，以及經常用 iPhone 查字典認識新詞等習慣，都能幫助你快速記憶五十音。

如果你打算上日文課，不需要從教你五十音的課程開始上課，背五十音實在不需要老師教，用前面介紹的 JP Marumaru 加上耐心，你很快就可以通過這一關。日文課可以在自己把五十音背過之後，再開始上課。

▍必要的投資：開始上日文課

如果有時間也有資源，我會建議你**自學的同時，也去上傳統正規的日文課**。老師會給你很多基本觀念和句型，對剛開始認真學習日文的你而言，可以省掉很多迷惘徬徨的時間。

只要你有時間（還有，有錢繳學費），日文課就持續上吧！直到日檢考試前都不用停。在學習的過程中，有一

個可以信賴的對象，**願意不厭其煩地解答你遇到的各種語言問題，對你有百利而無一害**。但切記，要報名哪個課程，難度應該由你自己決定，比如一開始報名初級一，那麼初級一結業後，就該接著報名初級二嗎？當然不是。

依照我的經驗，你如果照本書的方式多管道學習，進步的速度會遠勝你的同儕，因此初級一結業時，你如果認為自己已經可以選擇中級甚至更高難度的課程，當然不用傻傻地照著補習班或學校的龜速課程進度「慢慢來」，甚至選自己覺得有點跟不上的課程都沒關係——因為你很快又會進步到新一個層次，你原先選的課程難度看起來也就不難了。

熟悉各種工具、加入語言學習社群

本書介紹了所有你會需要用到的工具和資源，掌握其中的70% 幾乎就能**確保**你考過日檢 1 級。第一個階段時你該做的事是熟讀本書內容，並且將本書第 3 章「能讓你提高成效的小工具與學習技巧」中介紹的東西都摸過一次。

你可以在第一次讀本書時，先逐步註冊各個網站的帳號，並且隨著讀的進度，試用各種學習資源，找到你自己的適性所在。像是你在學習中後期時會需要用到的語言夥伴，在這個階段可以開始慢慢找，避免靠近考試日期才要開始練習在網路上找語言夥伴，卻又捉不到竅門。

跟每個新的語言夥伴磨合都需要時間，而每次最後都可能失敗告終，最初的十人幾乎不可能成功。但沒有經過一開始的失敗，

並且從中學到心得、改進，就不會有後來的成功，因此這種不需要日語實力就能儘早開始的準備工作，趁早在你剛開始為日檢熱身的第一階段進行，最適合不過了。

▍讓你的嗜好和日語產生連結

不論你的興趣是什麼，在日文世界裡探索它的時候到了！你可以看電視、電影、漫畫、雜誌，或是逛網站購物，這是能讓你習慣日語最快速的方式。找到適合用來學日語，能夠投入大量時間也不會厭煩的領域，是讓第一個 100 天結束時，學習計畫仍能持續下去的關鍵。

剛下定決心要參加試驗時，誰都會興味盎然，但初期的勁頭一陣子就會退燒，考試日期又還遠著，沒有迫在眉睫的緊迫感，人就逐漸懶散下來。意志堅定的人或許還好，自制力不強的人一旦喪失動力，基本上就跟棄考沒兩樣了。

如果能在初期找到興趣之所在，當學習計畫走到中段，遇上彈性疲乏的問題時，可以將時間從課本、制式的練習和文法上移開，轉移重心到自己有興趣的各種領域，運用日語多方探索。這麼做一樣可以持續接觸日語，維持學習進度不中斷，但是又不會過於緊繃，讓人彈性疲乏。

▍了解日檢題型和考試報名規則

運用這段悠閒的時光，熟讀 JLPT 網站，了解 JLPT 的

考試內容、合格評分標準及報考時程。除了詳讀網頁上的考試內容介紹資料，別忘了也要將 JLPT 網站上的線上迷你模擬考題通通做做看。

即便五十音還不熟悉也無妨，聽力都聽不懂更是一點也不奇怪，只要用輕鬆的心情答題就可以了。你才剛起步，不用期待能考出好成績，但考題這種東西，有猜過跟沒猜過，絕對是不一樣的！

所有東西都是這樣，**聽別人說比不上自己試試看**，有經歷過才知道哪些部分最棘手，因此就算是完全用猜的，也要把題目猜完。猜過之後你會知道自己真正擅長和不擅長的是什麼，未來設定學習計畫時，就可以在那些項目多下功夫。

每一個寫錯的題目、每一次讓你糾結的「搞不懂」，都是絕佳的學習機會。因此從現在開始建立好習慣：但凡是我寫過的題目，不論答對，猜對，或是答錯，只要心裡有疑問，就要立刻弄懂。我說的是「立刻」！不要等「明天」，因為真的沒有多少「明天」在等你。

「沒被我遇到就算了，既然被我遇到了，就絕不放過。」只要有這樣的心態，**考題和教材不需要準備很多，也能學得很紮實**。

花時間弄懂一題原本僥倖命中的考題，其價值遠比多寫十題，但每題都稀哩糊塗地來得大。10 個月說短不短，說長也沒多長，就是區區的 300 天。在這 300 天內，遇到的每一題，或是每一個疑問，絕對都是日語的基礎，值得你花時間弄懂它。

只要在這 300 天裡發現任何自己還不會的東西，就抱著「這題要是考出來，卻因為我現在偷懶沒學會，那就虧大了」的心情，

把它弄清楚吧。不然要是真的
是老天爺特地洩題給你，你卻
沒把握，可是會恨死自己的。

💬 **JLPT 試題樣例，從 N5 做到 N1 通通寫一次吧！**

www.jlpt.jp/tw/samples/
forlearners

備考第二階段：
多管齊下，強化你的日語「核心肌群」

利用各種免費線上資源，並開始享受逛網站和購物吧！

雖然認真地下定決心要考日檢 1 級才剛突破 100 天，但你經過前面的練習，已經具備所有基本能力，遇到不會的日文，也有充足的工具可以查出它的意思，不需要害怕任何未知，到了可以自由地挑戰各式各樣素材的時候了。

這個階段要注意的只有兩點，一是盡量投入多一些的時間在日文相關的活動上，二是不要怕難，**看似困難的東西只要突破一點點，就能有躍進般的快速成長**，最適合想要在一年內考過日檢 1 級的你了。

第 4 章裡介紹的免費線上資源在這時候盡量多運用，本書中已經由簡單到困難將這些線上資源排序好了，你可以試著依照我排的次序利用這些資源。依照自己的步調和喜好，選取某些特別喜歡的來運用，其他不喜歡的不利用也沒關係。總之增加投入的時間，就是件好事。

你也可以開始逛網站和購物，發展自己的興趣，適當地買點東西，在生活中真正利用日語，就是最好的練習。安排去日本旅遊也是很好的選擇！

備考第二階段是段做什麼都對、做什麼都可以的時期。畢竟考試期限還不緊迫，接觸越多不同主題，單字拓展的速度也越快。只要是環繞著「學日語」、「練日語」這個主題進行，就可以放

心地多多益善。

在此分享一句我很喜歡的話：

たとえ飛び立った先が残念なものであったとしても、飛び立てたという感覚は素晴らしい戦利品です。

這句話的意思是什麼，請自己運用各項工具查出來。

各項工具包含所有可能性。比如你單靠自己查不出來，那也沒關係，你還有日語老師、語言夥伴可以問，只要問得出來、記得住，也都算是你自己的本事。面對未知的日文時，你能有不擇手段得到答案的本事，那麼有朝一日一定能通過日檢 1 級。

就先以理解這句話為起點，來開始你的備考第二階段吧！

影音素材：新聞 / 日劇 / 日綜 / 動漫 / 電影 / 運動 / 美妝 / 育兒 / 購物 / 成人影片

我曾找一個背完五十音後就沒再繼續學日文的朋友做實驗，連續 4 個月，三餐「吃飯配柯南」，一天大約看 4-5 集，忙碌的外食日子就不勉強自己看。單靠這種沉浸在影音素材中的練習方法，此外沒有其他日文訓練，結果《名探偵柯南》才看到第 200 集，他剛好去東京成田機場轉機，就聽得懂機場廣播，而且還能用簡單日語跟空服員對話，並且聽得懂對方的意思了！

有趣的是這位朋友，其實並不是第一次看日文配音的影劇，但一直以來都沒有聽懂任何內容，怎麼會突然聽力進步這麼多呢？差別在於有沒有打開耳朵認真聽。

臺灣人習慣看字幕，視覺先決將注意力搶走了，耳朵就沒有餘裕好好接收日語，這樣的話**就算看十年也不會有多大成效**。但是只要意識到「要好好地聽」，並且具備最最最基本的詞彙（你在第一階段準備的部分就已經非常充足了），聽力要進步就很容易了。

你不一定要選《名偵探柯南》，任何素材都可以學日文。素材沒有好壞，用的人希望透過素材得到什麼、有沒有朝著他的目標執行，才是關鍵。

我在日本的時候，什麼電視節目都來者不拒，一方面可以學習到最多元的日本文化（當然僅限於電視上有播出的部分），另一方面可以學到最多角度的日文用法及詞彙。

以比例來說，最大宗的當然還是新聞、日劇、日本綜藝、動漫這四個大類別。

新聞的內容跟時事緊扣，出題時很有可能命中，所以多看絕對沒有壞處。幾乎大多數的新聞都有字幕或逐字稿可以供你參考，所以學習的成效自然很好。

日劇和動漫則是最容易持續的類別，因為劇情前後連貫，開始看之後沒看完總會覺得在意，因此就得到理想投入效果。

想要讓自己不喪失動力地持續看下去嗎？像我為那個朋友選超長篇的動漫《名偵探柯南》，總共有九百多集，加上劇場版⋯⋯光想想都覺得這數量真可怕。（祝福他在我這本書出版的時候，已經完成看完《柯南》這個艱鉅的任務。）

日劇也是一樣的意思。日劇有兩種類型，長篇連續劇如紅極一時的《小海女》也很不錯，跟《名偵探柯南》有異曲同工之妙，都是長到讓人不用擔心下次要看什麼。

較短的連續劇則大約 10 集左右結束，認真看的話，一整個白天就可以看完了。現在的人追劇已成習慣，如果是喜歡一口氣看完的人，選這個比較不會對身體造成過大負擔。可以追自己喜歡的演員，或是同類型的戲劇，如此一來就算連續劇集數不多，也不會看完一個系列就不知道接下來要看什麼而難以持續。

如果你已經成年，也覺得自己心智夠成熟，選擇節目真的不需要太偏限。重點是自己喜歡不喜歡，能不能大量收看。假設新聞、日劇、動漫你都看不下去，那麼即便是深夜成人節目也無妨，你就看吧。

就算是看似無聊的購物節目，也有可以學習日語的地方，在學語言的世界裡面，不需要害怕別人的眼光，可以誠實地面對自己。當然，如果你真的除了成人節目別無所愛，請不要選在捷運或是公共場合「學日文」，回家鎖好門再進行吧。還有，別忘記，不論是哪種素材，從中必須能達到學習日語這個目的，否則就不算是學習的一環喔！

▍大量的日文讀物

來列舉一些我在 10 個月內購入、閱讀的日文讀物，給大家當作參考。

《ちびまる子ちゃんの○○○》系列全套

《日本人の知らない日本語》系列

《わが子に伝える「絶対語感」》

《日本人が世界に誇られる 33 のこと》

《妻には、言えない》

《初めての人の競馬入門》

《楽天の研究》

《おいしいごはん料理　100 レシピ》

《天皇の本》

《ビジネスマナー「話し方・伝え方」の基本》

《おせちには和食の基本で全てがある》

《もっと知りたい千利休》

《日本全国因縁のライバル対決 44》

《「かど」と「すみ」の違いを言えますか？》

《珈琲の楽しみ方》

《今さら他人には聞けねあい疑問 650》

《京の抹茶もん》

《大奥の謎》

《丕緒の鳥》

《世界で一番おもしろい地図帳》

《キャバクラの教科書》

《結婚式っておもしろい》

《正しい大阪人の作り方》

　　以上大部分都是 BOOK OFF 購入，金額低於 216 日圓的二手書，有些甚至書頁都已經泛黃到變成彷彿羊皮紙般的顏色，但還是很乾淨。如果你願意，可以像我一樣買二手書，日本的二手書市場資源豐富，日本人讀書和整理東西的習慣又好，所以二手書店是省錢取得好書的寶礦。

不想花錢或是沒有勇氣跨國購物，也可以用借閱的方式取得資源。臺北、高雄兩地都有日本臺灣交流協會的文化中心，圖書室各備有 25000 冊、11000 冊以上的書籍可供閱覽。

日本臺灣交流協會臺北、高雄圖書室

www.koryu.or.jp/tw/about/
taipei/culture/tabid1102

www.koryu.or.jp/tw/about/
kaohsiung/tabid1425

另外，有日文系的大學都會有日文的圖書資料，公立大學通常又比私立大學更容易申請入館許可，就近找有日文系的大學試試看，說不定會有不錯的發現。

看這類雜書**不用從第一頁到最後一頁**，頁頁細讀。找到有興趣的書時先翻閱幾分鐘，找到最有興趣的篇章，把那個部分看完就算完成第一部分，不過如果其他部分沒有

動力繼續讀，換一本新的就好了。學習時**維持熱情比硬是要吞下所有到手的東西更重要**唷！

「健康食品」文法 & 句型書

為了不要在第二階段太鬆懈、太忘我，除了日語課程，還可以搭配一些可以維持考試氛圍的「健康食品」──平常總是只靠上網、看日劇培養日語直覺的作法雖好，但搭配日檢的考試用書來均衡「飲食」，更能「均衡發展」！

不過這時候不要選 N1 等級的考試用書，而是較低階的 N5-N3 等級。原因有兩個。

第一，所有學問都一樣，現階段的課題怎麼學都學不會，通常問題不在於這一課太難，而是上一課沒學好；要考好 N1、把 N5-N3 的基本日文問題弄懂，絕對有好處。你不會真的想要只靠漢字這項優勢拼過 N1 考試，其他的準備都完全不進行吧？

第二，以當屆應考生的角度來讀這類備考書時，任何一題不知道答案，都會覺得很緊張、害怕，感到壓力很大。但如果和自己要考的等級錯開，反而能以看閒書的心態來讀，頓時心情輕鬆了，吸收知識的效率也會突然變高。

**每週做一個單元，
每次分量都少少的！**

新日檢完勝
500 題 N4-N5

http://bit.ly/2p0ruZq

新日本語能力
試驗對策
N3 文法篇

http://bit.ly/2N5e2So

每週做一個單元，每次分量都少少的《新日檢完勝500題 N4-N5：文字・語彙・文法》、《新日本語能力試驗對策 N3 文法篇》，都是我自己用了很喜歡的書。

《新日本語能力試驗對策 N3 文法篇》在博客來上還有更便宜的簡體中文版《N3 語法：新日語能力考試考前對策》，而且連封面都和我手上的日本版一模一樣，也是個好選擇。

每個單元的內容分量比較多一些的《日本語能力試驗對策 N3 文法・語彙・漢字》（目前博客來沒有賣），都是很好的「健康食品」。

LINK!

日本語能力試驗對策 N3 文法・語彙・漢字
http://bit.ly/2Mlrc8l

N3 語法：新日語能力考試考前對策
http://bit.ly/2N9NQpW

上列這些書籍都是 N5 到 N1 的考試用書系列，所以如果看了其中一冊，喜歡其編排方式，可以繼續利用其他部分。

備考第三階段：
熟悉檢定題型、模糊記憶總整理（應試前 20 天）

考前 20 天左右，對考試的緊張感開始升到新的高峰。如果你有這種症狀，恭喜你，這是很正常的心理反應。

面對即將到來的考試，原本逛日本網站、看日劇、聽廣播等「邊玩邊學」的活動還是可以繼續，不過大量投入的時間要縮減到原本的 1/3 左右，騰出來的 2/3 時間，則要拿來進行以下的衝刺準備，讓自己的身心更適合面對考試。

只要平常心應對，該吃的飯、該讀的書、該睡的覺都依計畫進行，這段為考試而衝刺的最後時光，就能過得非常充實而愉快。

單字複習

「1-4 檢定拼命三郎：懶人包期」裡的「一、單字大回顧」曾提到我從一開始就養成隨手將新認識的單字記在小單字本中的習慣。到了最後這段 20 天的衝刺期，複習單字就靠這本單字本了。

小單字本中大多數的單字都已經很熟了，而不熟的部分，趁這最後的幾天再下點功夫記起來吧。事實證明**這樣準備，單字量已經非常龐大，應考綽綽有餘**。

如果這 20 天內還有新的單字出現，一樣把它記入單字本，但是不需要刻意為之，順其自然就好。

衝刺用的文法 & 句型書

說到考前終極衝刺階段,想要只看重點,把所有還沒搞懂的基礎問題一次解決,我最喜歡的書是《短期集中 日本語文法総まとめポイント 20》系列。

考前終極衝刺階段用的文法 & 句型書

http://bit.ly/2N4IDQb
http://bit.ly/2p0sw7E
http://bit.ly/2xaHkFp

博客來上也能買到臺灣的出版社引進的版本，坦白說只有書皮和日本版不同，在哪裡買都可以，只要認清楚是這個系列就可以了。

如果有時間可以多做一點練習，平井悅子和三輪さち子合著的《中級を学ぼう》系列，也是我自己當年精挑細選出來的好書。在寫這本書重新上網搜尋的時候順道看了日本亞馬遜、日本樂天書城，以及臺灣的各家網路書店上的使用者評價……嗯，果然我的眼光很好，大家都給予高分呢！

LINK!

邁向中級
（附有聲 CD 1 片）
http://bit.ly/2Mhs5iw

躍進中級：
日本語文型表現
（附有聲 CD 1 片）
http://bit.ly/2xdjoQX

不論是日語教師還是學生，或是通過自學通過日文檢定的學習者，都給予高度評價的這個系列，包含了中篇的閱讀（課文）和多樣化的練習題，所以每個單元需要花費的時間比較多。

以考前緊張的心情而言，要從頭做到尾，甚至不只做一本，實在是太耗費心神，想想也累。

所以沒有必要要求自己整本都練習完，跳著利用就可以囉！像我當年考前練習，其實就只有利用了《邁向中級》的一部分。重點是能不能在看這樣的整理書時，將自己的弱點一下子分辨出

來，並且把那些項目給補強好。能夠這樣，就達到目標了。

至於 N2、N1 專用的考試用書，我倒是不覺得需要特別準備。基礎題目的 60% 都能確實掌握的話，剩下的 40% 自由發揮，讓實力表現就好了。硬是要在 10 個月內吞下 N5 到 N1 的所有教材，反而無法讓每一份教材好好地發揮效用，只是囫圇吞棗而已。

如果你有持續上日文課，課本也是很好的總整理回顧素材。**即便再怎麼認真的學生，都不可能把課本內容完全記憶得一絲不漏，考前的 20 天把那些沒記起來的部分重新熟讀，就不會因為疏忽複習工作而留下遺憾。**

考古題

應考前 20 天最重要的功課，是針對「試驗」本身進行充分的練習。第一份正式練習的考古題你應該直接上 JLPT 官方網站下載，考古題最好列印出來，依照試驗時間精準地完成。尤其聽力題實際考試時只會播放一次，所以不能沒有聽清楚就擅自增加次數——模擬考沒有依照正式考試進行，就失去意義了！

考古題只寫一份其實還不太夠，可以購買坊間任一出版社的模擬考題，多練習，考試時就更知道每一個大題應該做什麼，而不用花費時間。

完成後當然要對答案，並且逐題訂正，弄懂每一個細節。

每一個曾經考出來的題目，都可能以變化的形式再出現，每一個曾經考出來的選項，都可能成為下一次的正確答案出現在你的考題本中。你可以忍受自己明明在考古題練習時遇上命中註定的題目，但卻因為偷懶，沒有把它記起來而失分嗎？

　　還是老話一句：「沒有被我遇到的題目就算了，**只要被我遇到，我就不想在同一題再錯第二次。**」只要堅持這個原則，寫考古題好好訂正，考試就可以安心多啦！

　　一般人常使用的有三個來源：JLPT 日本語能力試驗官方網站免費考題、市面上販售的模擬試題，以及未必合法的網路資源。但其中只有前兩種是完全合法的，第三種經常有法律問題或道德爭議，有時候給的答案也是錯的，因此並不建議仰賴第三種。

　　合法管道是 JLPT 日本語能力試驗官方網站上的試題樣例。試題樣例中，可以免費拿到兩份完整的 N1 考卷，以及一份簡短的實力考題。

　　至於市面上販售的模擬試題該怎麼選？我認為隨你高興挑一本就可以了，難度偏困難或偏簡單，並不是很重要，因為我們寫考古題不是用來預測你的實際考試分數，只是要熟練考試流程和一整個上午專心考試的感覺，因此放鬆心情就好。

　　當然可以的話，選擇排版跟正式考題越類似越好，不過也不必強求。買了題本就不要浪費，有系統地完成題目，然後帶著完成所有任務的滿滿信心上考場吧！

■ NO！別讓考古題的成績成為你的壓力泉源

千萬要記得：寫考古題不是為了預測自己正式考試會拿到幾分！

反正會通過的就是會通過，預測會通過實際沒通過，那也是枉然。所以我們不需要預測正式考試時到底會不會通過──只要全力以赴就可以了。

另外，如果你的朋友、讀書會的同伴之中有已經寫過很多考古題、模擬題目的人，而他們的正答率比你高出很多，也別在意。

這是因為他們早就重複遇到相同或是類似的題目（因為大部分的模擬題庫都是參考類似的考古題資料出題，天下文章一大抄嘛），而寫過的題目越多，越容易因為看過類似題而能答對很多。但這未必是好的。

最終正式考試出的題目跟模擬題終究是不一樣的。每次寫考題都考很高的人，反而甚至可能因此高估自己的實力。因此從來沒寫過題目的人，就算寫考古題、模擬題時分數低一些，也並不代表最終會考不過。

前面已經說過了，關於日檢1級最重要須銘記在心的事是：日檢1級並非各科目都得滿分才能通過！

日檢1級的門檻是取得180分之中的100分──也就是滿分100分的考券，只要55.6分就過關了！此外，言語知識、讀解、聽解，配分各占60分，而任何一個項目只要

取得 19 分，就算通過。

簡言之，日檢 1 級的合格標準其實相當寬鬆。

面對一個很容易過關的考試，以平常心應試，絕對是最好的方式。考前寫考古題時就要保持平常心，千萬不要給自己無謂的壓力，比如：覺得「我的錯誤比率太高，考試一定不會過」，或是「同學考古題成績多我 30 分，我完了」等等，甚至因此正式考試壓力過大表現失常，或是根本不敢去考試，那才是大問題。

每年的日文檢定，都有好多人因為自信不足而缺考，看到考場裡空蕩蕩的座位，再想想那些考生心裡承受了多大的壓力與自責，真是讓人為他們覺得心疼又可惜。**既然都報名了，至少應該給自己上戰場的機會。**

總之一定要相信自己、全力以赴，這樣的話，勝利女神也才有機會眷顧你喲！

GO！10 個月後你也能考過日檢 1 級

事實上，這本書從頭到尾都想告訴大家：「嚴格說來，準備檢定跟學習日語是不一樣的兩件事。」

太專注準備考試，寫了很多考題、背單字又背句型，卻沒有真正把日語內化，考試結果不會太好；就算通過檢定，實際使用日語也不會有信心。相反地只要有好的日語能力，再依照合理的日程安排了解考題型態，就能考得不錯。

開始為自己規劃一個完整的學習計畫，結合日語課程，自學素材和生活中的各種練習，用自己能夠感到愉快，但是又學得充

實的方式，安排自己的日語學習進度，以得到最優良的學習成效。

　　從完成這分學習計畫開始，你就已經站上日檢 1 級考試的起跑線，接下來順著自己規劃的方向努力，不要懷疑也不要猶豫，GO！GO！

5.4　最後的叮嚀：進考場前的 48 小時

　　恭喜你，終於走到這一天了。在這之前你已經做了足夠的努力，是測試自己的時候了。

　　即便覺得沒有達到理想的水準，利用最後 48 小時拼命學習，對成績也不會有什麼幫助；相反地，這時候**如果只能睡飽和熬夜唸書二選一，我絕對建議你睡飽就好**。將身心調整到最佳狀態，這段時間所學的才能在考場上徹底發揮。

　　在考場裡，能夠發揮自身幾成實力，決定了勝敗。不要期待靠最終階段臨時抱佛腳，能讓自己做出超出能力範圍的表現──沒睡飽加上心情緊繃，只會讓你連原有的實力都化為泡影而已。

進考場前的 48 小時，最重要的功課是放鬆。除了準備文具、確認准考證和去考場的交通方式，剩下的任務就只有吃飽、睡好兩件事。

　　吃飯要注意，這段期間只吃熟食是基本常識，不乾淨的餐廳當然也要避開。你絕對不會想在考試當天拉肚子。

　　最安全的通常是速食店，麥當勞、肯德基、摩斯漢堡這一類經過嚴格流程品管的餐飲店，雖然難免有人工添加物超量的風險，但是只要避開生菜沙拉，這類標準化流程出來的餐點，可說非常安全。當然你不能吃太多薯條、喝過量的汽水，油膩會導致胃痛，考試時一直打嗝也很不妙。

　　像我是容易緊張的性格，大考前容易睡不著，因此早睡就非常重要。大考前兩天開始我會盡量早睡，比如平常晚上十二點睡是家常便飯，但考前盡量七、八點就上床。

　　「就算躺了五個小時還睡不著，其實也才十二點而已，還是有七、八個小時可以睡。」因為確信著自己有絕對的餘裕，反而非常容易放鬆、入睡。

　　睡飽十二小時，有時還真能有超乎尋常的好表現。連續兩天睡到飽的人，在考場上的專注力，和連續唸書唸到最後一秒的人，截然不同。**與其硬背一些不知道會不會考出來的小細節折磨自己，還不如儲備一定用得上的專注力**呢。

　　既然能做的事都已經做了的話，其他什麼都不要想，相信自己沒問題，全力以赴吧！

後記

學習正宗道地的日文，體會原汁原味的日本

希望我的經驗和分享，能夠幫助你考過日檢 1 級。但我也要提醒你，**考過日檢 1 級只是你依照本書的準備方法學習日語後，所想要達到的最低目標。**

語言是看世界的窗口。比起考過檢定拿到證書，學日語更重要的是透過日語來認識、接觸日本，乃至於和世界上一樣使用日語的人們互相交流。

如果在學習的階段只在意單字和文法，對日本文化、哲學思想、世界觀毫不關心，就算考過了檢定，甚至身在日本，卻被既有的社會文化框架侷限心靈，走不出心裡的小圈圈，那最終你繞一大圈後，或許會發現自己費這麼多苦心，卻還是比不上 Google Translate。

這本書確實是為了幫助你考過日檢1級檢定而寫，但我可不希望你只為了考過檢定學日文。只為了考檢定而學習，是傻子才會做的事。

我剛滿 18 歲就去報名了駕訓班，1 個月後，第一次考就順利通過。但拿到駕照至今 10 年了，我卻從不敢開車上路，怕被人撞死，更怕撞死人。

客觀來說我持有合法駕照（還是手排車駕照），也上過駕訓班，應該是可以開車的。但我自己心裡清楚，我沒有上路的資格，所以自始至終，那張特地去考來的駕照，就只有手機門號續約時，拿來當作第二證件這個唯一的功能。

你的日文1級檢定，是真有相應的能力做後盾，還是徒有一張證書，沒有實際用處呢？這才是真正該關心的問題。你準備考試的這段期間，請經常想起我錢包裡那張廢紙般的駕照，並檢視自己努力方向是否正確。

檢定證書只是給別人看的一張紙。

當你想在眾多競爭者中鶴立雞群，有一張別人沒有的證書，的確可以加分不少。甚至更現實一點，在很多公司裡光是有這一張證書，還能加薪不少。

然而，有證書沒能力，那即便能一時矇得了人，終究還是會有紙包不住火的一天；永遠要記得，**能力遠比證書更重要、更值得投資時間和心力。**

　　檢定證書和日語能力，當然兩個都具備才是最完美的。但比起證書，能力才是你真實的資產。

　　人在考試時難免緊張，有時候考前關鍵衝刺的時候發生意料之外的事件，或是考試當天的突發情況，都會影響你的試驗成績。所以如果第一次考，真的沒有通過，也不要氣餒，請想起你的初衷——你追求的不是證書，**你想要的是能夠自如應用道地的日語，體會原汁原味的日本。**至於日檢1級試驗，只要你持續精進日文能力，還怕不是你的囊中物嗎？

10 個月從五十音直接通過日檢 1 級：裴莉的日語
神器 / 神奇裴莉著 .-- 初版 . -- 新北市： 臺灣
商務， 2018.10
　　面 ；　公分
ISBN 978-957-05-3170-1(平裝)

1. 日語 2. 學習方法
803.1　　　　　　　　　　　107016216

Ciel

10 個月從五十音直接通過日檢 1 級
裴莉的日語神器

作　　者—神奇裴莉

發 行 人—王春申
總 編 輯—張曉蕊
責任編輯—王育涵
封面設計—高茲琳
版型設計—吳郁嫻
書籍插畫—吳郁嫻

影音組長—謝宜華
業務組長—王建棠
行銷組長—張家舜
出版發行—臺灣商務印書館股份有限公司
　　　　　23141 新北市新店區民權路 108-3 號 5 樓（同門市地址）
電話：(02)8667-3712　傳真：(02)8667-3709
讀者服務專線：0800056196
郵撥：0000165-1
E-mail：ecptw@cptw.com.tw
網路書店網址：www.cptw.com.tw
Facebook：facebook.com.tw/ecptw

局版北市業字第 993 號
初版 8.5 刷：2022 年 12 月
印刷：沈氏藝術印刷股份有限公司
定價：新台幣 350 元
法律顧問—何一芃律師事務所